JN186531

魔法のレシピで スイーツ・フェアリー

堀　直子・作　木村いこ・絵

もくじ

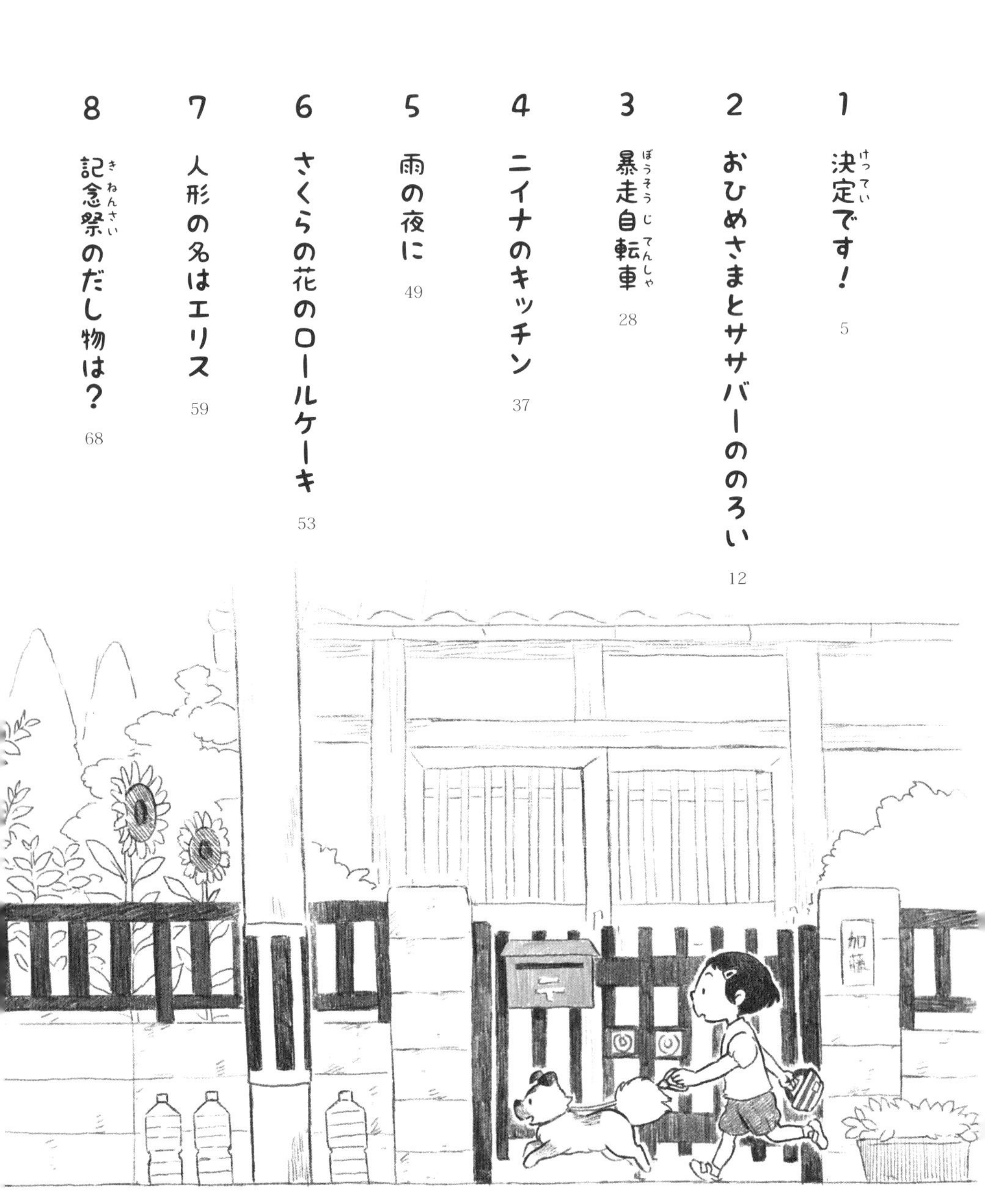
加藤

1 決定です！

月曜日の放課後、大井出みわは、ろうかのけいじ板にはられた『調理部員ぼしゅう』のちらしの前で、ふっと立ちどまった。

――調理部……だって。

こんなクラブが、あったんだ。

きょうも、担任の山本先生から、いわれた。

『大井出。おまえ、まだ決まっていないのか？　もう、五月もおわりだぞ。クラブ活動ぐらい、早く決めろ』

四年三組のみんなが、みわをふりかえって、くすくす笑った。

となりの席で親友の若宮かな子が、気にすんなっていってくれたけど、みわはうつむいた顔が、ぜんぜんあげられなかった。

――かなちゃんはいいよな。

みわは、『調理部員ぼしゅう』のちらしを、指でぴんとはじいて、ため息ついた。

かな子は将来アイドルになるための準備とかいって、まよわず、ダンス部に入部したっけ。

それで、スパンコールいりのタンクトップを新しく買って、はりきっている。

さいたまの風神小では、四年生

になると、学校のクラブ活動に参加するのがきまりだ。

週に二回で、ソフトボール、サッカー、ダンス、そろばん、吹奏楽に美術など、種類もけっこうある。

クラブ活動は、授業のいっかんとみなされているから、全員参加しなくてはならない。

――そうはいってもな……調理部か……。

みわのため息は、どんどん深くなった。

ほんとうは、空想クラブ、なんてものがあったら、すごくラッキーなのにな。

そうよ、あたしは、空想するのが、だいすき。

かなちゃんは、（あんたのは、空想じゃなくって、ただのモ、ウ、ソ、ウ、だよ）っていうけどね。

みわは、人さし指を、おでこにそっとあてた。

すると、ほら、目の前には、緑の森がひろがって、白いドレスの妖精たちが、みわをさそいにくるじゃないか。

——あの森は、しずくの森っていうのよ。

しずくの森のむこうには、きれいなみずうみがあるの。みずうみをとりかこむように、赤や青や三角の屋根の、妖精たちの家が、いくつもあって……。

白いドレスの妖精たちは、あたしの前で、はばたいている。

さあ、みわちゃんも、いっしょに、わたしたちの国へ、行きましょう！

いつのまにか、あたしの背中には、羽がはえている。

かわいらしい赤いくつをはいた、あたしの足は、とってもかろやか。

まるで、バレリーナのよう。

でも。

——あーあ。

いっしゅんのため息とともに、みわの空想は、テレビ画面を消すように、ぷつんととぎれた。

あたしは、運動がとくいじゃなかった。走るのはいつも、びりっけつ。鉄棒だって、ドッジボールだって。

バレリーナなんて、ぜったい、むり。

自分の頭のなかで、あれこれ空想したって、それが、どうだというんだ。

しずくの森も、妖精の国も、それが、なんだというんだ。

もし、文章や絵がうまかったら、あたしの空想物語もすこしはましになって、みんなに、じまんすることができるのに。

――なんか、最低だよ、あたしって。

だったら……。

みわはひっしになって、思い出していた。そして、またほんのすこし元気になった。

いつか、おばあちゃんが、ほめてくれたことが一個だけあったんだ。

『みわちゃんは、包丁の使いかたが、うまかよ』って。

みわの家では、おかあさんもおとうさんも、区役所につとめているから、ごはん作りは、もっぱらおばあちゃんの役目だ。

おばあちゃんは、いつも、とんとんこきみよい音を立てて、包丁を動かす。

音もいいけど、おばあちゃんの手がとってもしなやかでやさしそうで、うっとり見てたら、みわちゃんも、やってみらんね？　って、おばあちゃんたら、いきなり、包丁をかしてくれたんだ。

あのときは、びっくりしたけど、おもちゃじゃないほんものの包丁は、ぴかぴか光って、すごくまぶしかった。

見よう見まねで、おばあちゃんのいうように、包丁をにぎると、とんとんつーって、きゅうりが切れた。

——うまか、うまかよ。はじめてなんて、思えんばい。

おばあちゃんがはくしゅしてくれた。

おばあちゃんは、いったんだ。あたしの頭をなでながら。

みわちゃんは、ばんごはんのお手伝い、ようしてくれるけん、おばあちゃんは、いつも助かっとるよって。

いままでに、ほめられたのは、それっくらいしかなかったろうか？

——そうだよ、やっぱり、調理部だよ。

空想クラブがないんだったら、いまの自分には、それがいちばんあっている
ような気がする。
だって、調理部にはいったら、あたしも、おばあちゃんみたいに、包丁がう
まくなれるかもしれない。
料理だって、きっと。
そうしたら、おとうさんもおかあさんも、かなちゃんだって、びっくりする。
そうだよ、これで、あたしも、どうどうと、山本先生にいえるんだ。
大井出みわ、調理部に決定ですっ。

2 おひめさまとササバーののろい

クラブ活動がある水曜日、家庭科室のドアの前で、みわは、すこしだけ、きんちょうした。

どんな人が、このドアのむこうには、いるんだろうか？

よーし。

みわは、いっきに、家庭科室のとびらをあけた。

——あれ？

教室は明るくせいけつだが、あまりにもしずかすぎて、みわは拍子ぬけした。

黒板に戸だな、冷蔵庫、よくみがかれたステンレスの調理台がむかいあう形に前と後ろに二台ずつ、まんなかには、きちっとならんだ長いつくえと、丸いす……。

だれかが、つくえに顔をうつぶせて、いねむりしている。

そんなことより……。

あけ放(はな)された窓(まど)のさんに、こしかけている女子。

――き、きれい。

思わず、みわは見とれてしまった。

こんな人、うちの学校にいたの！

青緑(あおみどり)の空を背景(はいけい)に、明るいきつね色の長い髪(かみ)がすごく映(は)える。ざっくりとはおった白いチュニック、ひざまでのジーパン。

まるで、妖精(ようせい)の国のおひめさまみたい。

「わたしの顔に、なんか、ついてんの？」

高飛車(たかびしゃ)な声がふってきた。

「しつれいよ」

「は、はい……すみません」

みわは、肩をすくめた。

妖精の国のおひめさまは、とっても、こわいんだ……。

「ちょっとぉ、うるさいんだから」

いねむりしていた女子が、ぱっと顔をあげた。

銀色のめがねをかけた、かなりおデブな子。

「だれよ、あんた」

めがねの子はみわをさぐり見た。

「あ、あたし……」

「なんか、用？」

みわは、返事にこまった。

——調理部員ぼしゅうの、ちらしを見て、きたのに……。

みわは、しぶしぶ、そばにあった丸いすにこしかけた。

めがねの子は、スカートのポケットから、プラスチックの小さなケースをとりだした。

――こんぺいとう？

透明なケースのなかには、いろんな色のこんぺいとうが、小さな星くずのように、ぎっしりとつまっている。

めがねの子は、こんぺいとうを、ぽんぽんてのひらにとりだすと、ぺろりとなめとった。

「あんたには、やんないから」

――べ、別に、いいです……。

みわは口をとんがらかした。

「ごめん、ごめん！」

とつぜん、かん高い声がひびいた。

ショートカットの背の高い女子が、ダンプカーみたいないきおいで、家庭科室にとびこんできたのだ。

「おくれちゃったよ、ごめんね、あれっ」

ショートカットは、じろじろとみわを見た。

「あんたさ、新人？　あのちらし、見てくれたの？　二度目のぼしゅうかけて、よかった」

ショートカットは、いきなりみわにだきついた。

「あっ、あたしは、六年一組の岡田まどか。いちおうここの会長。ニイナ……窓ぎわの子ね、入江ニイナも、同じクラスで、副会長。それから、望月はるは、四年……えっと、何組だっけ？」

――うちのクラスには、望月はる、なんて子、いないから……。

「あ、あたし、四年三組、大井出みわです」

みわはどぎまぎしながらいった。

「まどかせんぱい」

みわをおしのけるようにして、はるがいった。

――まどかせんぱい？　へーえ、六年生のことをそうよぶんだ。

「ちょっと、はるは、二組ですよ。ここにはいって、一か月たちますよ。どうして、はるのこと、覚えてないんですか？」

「ごめん、そんなことよりさ……」

まどかが、さきをいそいだ。

「調理部の存続が、やばいんだよね」

やばい？　どういうこと？

みわは、さっきよりも心臓がどきどき音を立てた。

「うちらの部も、ことしで、三年目。っていうかさ、うちら、まだ部に、昇格してないいんだけどさ」

えっ？

――そういえば……。

ちらしのいちばん下には、調理部の（部）のところにバッテンがされ、申しわけないぐらい小さな文字で、調理同好会って、書かれてあったっけ。

それって、学校から、みとめてもらってないってこと？

「いまもさ、家庭科のササバーに、よばれて、イヤミばっかり、いわれてきたの」

――ササバー？

あのササバーに……。

この風神小には、うら七不思議というのがあって、それは全部ササバーこと、家庭科の佐々木真理子先生にかんするうわさだ。

ササバーは、白髪頭にロングスカート、まるでどこかの国の魔女みたいだが、校長先生も一目置くくらいの実力者らしい。

ササバーのうわさは、こうだ。

『ササバーは、百歳をこえている』

『放課後、五時すぎまで、学校に残っていると、だれもいないはずの家庭科室から、とんとんとんと包丁の音が聞こえてくる』

『それは、ササバーが包丁で切る音らしい。音がしても、決して家庭科室をのぞいてはいけない』

『のぞけば、〈見たな〉といって、ササバーがおいかけてくる』

『〈私の料理は、まずいか？　うまいか？〉と、しつこく聞くので、〈うまい〉と答えると、ササバーののろいが、かかってしまう』

『いままでに、ササバーののろいがかかった卒業生は、十三人もいるらしい』

『のろいからのがれるためには、ササバーの作った料理より、もっとおいしい料理を作って、ササバーに〈うまい〉といわせればいい』

思わずみぶるいしたみわに、まどかの声がしみた。

「調理同好会はね、ちょうど、あたしが四年生のときに、結成されたの。せんぱいのひとりに、すっごく料理のうまい人がいたんだけど、せんぱいたちが卒業したら、つぎの年は、あたしとニイナの、ふたりだけになっちゃった」

「さっみしー」

はるがいった。

「でも、うちの学校には、同好会、いくつもあるんだ。三年間がんばったら、部に昇格する同好会も、いままでに、あったし……反対に、三年たっても、なんの実績も作れなかったら、解散させられちゃう。うちら調理同好会は、いま、ぎりぎりがけっぷちの、三年目をむかえてるの」

まどかがふんがいした。

「ササバーったらさ、あなたたち、今年こそ、なにか実績をつまないと、つぶれてしまうわよ、調理同好会は、永遠に解散ですよって、もー、いやんなっちゃう」

「あの、もしかして、調理同好会の顧問の先生って、ササバーなんですか？」

おそるおそる、はるが聞いた。

「そんなこと、あるわけないじゃん。ササバーはさ、うちらが、家庭科室を使うの、すごくきらっているんだ。なにしろ家庭科室は、ササバーにとって、神聖な場所だから。戸じまり、火のしまつ、あとかたづけはちゃんとしたの？あら、また、よごしてたわねとか、口ばっかりはさむよ。そのくせ、一度だって、指導とかしてくれたことはない。うちらの顧問は、ミカワッチ」

「ミカワッチ？　三河良介先生！　あのイケメンの」

はるがうれしそうにいった。

「けどさ、ミカワッチ、うちとまんが同好会と、かけもちしててさ、こっちにはね、やっぱり、顔ださないの。なんでも、ナントカくんのかいたまんがが、ナントカっていう雑誌にのったんだって。それで、まんが同好会は、実績をつんだってことで、ことしから、部に昇格なんだって、ミカワッチ、すごいはりきってる。調理同好会のことなんか、これっぽちも頭にないよ。ミカワッチだって、どうせ、調理同好会は解散だって、腹づもりじゃん」

「ひどーい……」

はるが口をまげた。

「でも、あたしは、そうはさせたくないんだよ！」

みわはまどかの迫力にびっくりした。

「だって、はると、大井出さんだっけ、ふたりも、はいってくれたんだもん。

あたし、すごくうれしい。なんか、あたしらにも、できるかもしれないって期待されてるの？　あたしと、あの、はるちゃんと？

「でね、あたし、ことしは、大勝負にでようと思うんだ」

「大勝負？」

ニイナが、窓のさんから、ひらりととびおりた。

「まどか、大勝負って？　どういうこと？」

「だから、それを、いまから、考えるんだよ」

すっとむねをそびやかせて、まどかがニイナとむきあった。

「みんなして、意見よせあって」

「なによ、ビジョンなんて、ないくせに」

「あるよっ」

「具体的にいってよっ」

「とりあえず……きょうのクラブ活動、はじめます。時間なくなっちゃうから。みんな、前の調理台に集まって」

ニイナが、ふんと鼻を鳴らした。

けものの子のようなとがった視線は残したまま、窓のさんに、ふたたびとびのった。

「きょうはね、基本中の基本、きゅうりのななめ切りをします。大井出さん、いい？　はるは、たまねぎのみじん切り、いってみようか」

まどかがうってかわって、明るい声をだした。

「その前に、手をよくあらって、エプロンをして。三角巾もわすれずにね。包丁とまないたは、シンクの下にあるから」

まどかがきゅうりとたまねぎを、冷蔵庫からとりだして、ぽんぽんと、みわとはるのまないたの上にのせた。

「よし、準備完了」

みわとはるがうなずいた。

「たんざく切り、いちょう切り、せん切りと、切りかたにも、いろいろあるでしょ。調理の第一歩は、包丁にありってことで、大井出さん、あたしのまねして、やってみて」

まどかは包丁を持つと、左手を、ねこの手のように丸めた。

とっとっとっとリズミカルな音がひびいた。

みわは感動した。おばあちゃんと同じ音だ。さすが、会長だけのことはある。

「できるだけ、うすく、きれいに切ること。きゅうりの百枚切りができたら、オッケー」

――百枚も？

みわはきんちょうしながらも、きゅうりに包丁の刃をあてがい、そのまま、ゆっくり真上からおろした。

ちょっと、厚かったかな？

もっと、すばやく、力をぬいて、とんとんと。

みずみずしいきゅうりのにおいが、あたりにただよった。

「うん、その調子」

まどかがほめた。

「はい」

むねをなでおろしながら、みわは、ふっとニイナのほうを見た。

——あれ？

いつのまにか、ニイナときたら、本をひらいている。

それも、とってもカラフルな本。写真集だろうか。

——ニイナせんぱい、なにを、読んでるの？

「あ、いたっ」

包丁が左の人さし指をかすった。うすく血がにじんだ。

「だいじょうぶ？　大井出さん」

まどかがいった。

「だめだよ、左手は、ちゃんと丸めておかないと」

「はい」

まどかがばんそうこうをはってくれた。

「じゃあ、つぎ、はる」

はるがたまねぎの皮をむいた。

「いい？　たまねぎは、こつがあるのよ。半分に割ったら、もとは、切りはなさないで、たて、横に、切れ目を、いれて」

やっぱり、まどかは包丁の使いかたがうまい。ざくざくとたまねぎが、雪のようにつまれていく。

「やだ、目が痛い」

はるが文句をいった。

下校のチャイムが鳴る。そろそろクラブ活動をおえる時間だ。

「もたもたしてると、ササバーののろいが、うちらにも、かかっちゃうから、早く、たまねぎ、切りなさいっ」

「やめてくださーい、まどかせんぱい」

はるが泣きそうな声でいった。

3 暴走自転車

土曜の午後。
梅雨はまだおわっていないのに、かんかん照りの日がずっとつづいている。
頭がぼうっとする。これは、いきなりやってきた暑さのせいだろうか。
——あたし、調理同好会にはいって、ほんとうに、よかったのかな?
みわはおかっぱ頭を両手でかいた。
かな子は、「みわにあってる、いいじゃんいいじゃん」って、いってくれたけど。
包丁は、うまく使えるようになったんだろうか?
料理は、上達したんだろうか?

そんなことより、調理同好会、まとまりがないっていうか、てんでんばらばらっていうか。

そりゃあ、まどかせんぱいは、会長だから、たよりがいがある。

でも、野菜の切りかたがおわったと思ったら、だしばかり、とらされている。

『とにかく実績をつんで、調理同好会を部に格上げ』

最近はそれにくわえて、

『和食は、だしにはじまり、だしにおわる』

が、まどかの口ぐせだ。

みそしると、煮物と、だしまきたまごを作ったとき、はるが、ぶーぶー文句をいった。

『なによ、この、だしまきたまご、ちっともあまくないじゃん。うちのママのだしまきたまご、もっと、ぜんぜんあまかった。あたし、あまいものがすきなの。スイーツが食べたいの。ねえ、どうしてスイーツ、作らないの？　和食ばっかりで、つまんない』

はるは、いつも、「あまいものが食べたい食べたい」と、だだをこねる。こんぺいとうを口にほうりこみながら。

――はるちゃんは、料理するより、食べにきているみたい。

それも、どうかと思うけど。

でも、いちばん気になるのは、やっぱり、ニイナだ。

ニイナは、たいてい、家庭科室のすみで、例のカラフルな本を読んでいる。

みんなとはいつも別行動だ。

そのくせ、おそくまで家庭科室に残って、なにかをしているんだ。

いったい、なにをしているのか、みわは気になる。

しかし、五時すぎまで、家庭科室に残っているなんて、ササバーののろいが、こわくないのか？

ううん。

妖精のおひめさまは、ササバーののろいに負けない力を、もっているのかもしれない。

はたして、それは、どんな力なのだろうか？

「ピーちゃん、ピー」

みわは、さえない気分をはらすようにして、庭にでた。大きな声で犬のピッパをよぶ。

せまい庭をひとりじめしている、きんもくせいのこい緑のかげから、犬のピッパがかけてきた。尾をふって、みわにとびつく。焼いたアップルパイの色そっくりの毛なみは、さわるとつやつやで、においだって、なんだかあまくこうばしいんだ。

ピッパは、おばあちゃんが借りている家庭菜園のとなりの空き地に、捨てられていた。

ちょうど一年前の話だ。

九州出身のおばあちゃんは、おじいちゃんと結婚して、さいたまにひっこししたころから、野菜やくだもの作りをはじめたんだ。

ふるさとの味を思いだしながら、ずっと、長い間、たんせいこめて育ててきたんだ。

亡くなったおじいちゃんは、おばあちゃんの畑でとれた、しんせん野菜がだいすきだった。

あの日、おばあちゃんがどっさりのトマトとなすをいれたかごに、ピッパまでちょこんとのせて、帰ってきたとき、みわはおどろいた。

なんて、かわいいんだろう。

たれ耳も、ぬれた鼻も、丸い黒い目も。

――いいの、おばあちゃん、うちで飼って？

みわはちょっと心配だった。

だって、おかあさんが、まゆをきゅっとひそめたから。

おばあちゃん、うちは、共働きなんですよと、おかあさんは、ますますハンニャみたいな顔になったけど、最後には折れて、ピッパは、うちの犬になったっけ。

おかあさんに約束したとおり、ピッパの世話は、おばあちゃんとみわが、分担してやる。

このごろは、ごはん作りも、みわがやるようになった。

肉と野菜とごはんをまぜたおじや風が、ピッパはだいすきだ。

ハッピーをさかさまにして、ピッパにし、世界一しあわせなワンコになるようにって、つけた名前も、みわはとっても気にいっている。

「ねえ、ピッパ」

みわはピッパの頭をなでながら、いった。

「おまえは、どっから、きたの？」

クワーンとピッパがあまい声をだした。

「もしかしたら、ピッパは、妖精の国の番犬、かもしれないね」

おっとりあどけない目は、妖精の国に、悪者がやってくると、りりしい力あふれる目にかわるんだ。だれよりも強くて、ライオンのように、かっこいいピッパ。

「おまえ、妖精の国のおひめさまを、守っているの？」

——おひめさまか……。

調理同好会のおひめさまなら、ピッパが守らなくても、だいじょうぶだけど。


「おばあちゃん、ちょっと、でかけてくるね」

たまの休みだというのに、おかあさんは、フラダンスのけいこ。おとうさんはしょうぎ教室。

——おとうさんもおかあさんも、楽しそうで、いいよな。

みわは、ピッパのリードを持つと、外にでた。

あたしも、ピッパと歩けば、楽しいことに出会えそうな気がするから。

「ねっ、ピッパ、妖精の国まで、案内してよ」

ぎらぎらの日ざしが、まっすぐみわにつきささる。

「あつー」

散歩には、まだ、早かったかな？

鉄板みたいなコンクリートの道を走り、散歩でよく行く公園の日かげにひなんした。

「ピーちゃん、ほら、お水、飲みな」

木の根もとにピッパをつないで、みわは、公園の水道からてのひらにそそいだ水を、ピッパの口へ持っていく。

「あれー」

もも色のべろがひとなめで、水をすくいとり、あとは、だーだーこぼれた。

「ちょっとまって」

みわはもう一度、水飲み場へ行く。

「なに?」

ピッパがおびえたように鳴いた。

——なに、どうしたの?

みわはびっくりした。すごいいきおいで、一台の自転車がピッパめがけて、走ってきたからだ。

——ぶ、ぶつかる……。

だが、足はちっとも動かず、口をあんぐりとあけたまま、みわは棒立ちになった。

「ピーちゃんっ」

しゅんかん、自転車が、ツバメのようにひらりとピッパをかわした。

——ピーちゃん……。

みわは目を見ひらいた。

風に波打つ長い髪。白いチュニックがゆらゆらふくらむ。

——ニイナせんぱい？

「ニイナ……せんぱい……」

みわはピッパをだきしめながら、さけんだ。

「ニイナせんぱーいっ」

ニイナのこぐ水色の自転車は、公園通りの角をまがり、そのままどこかに消えた。

ニイナのキッチン

「ちょっと、まってくださいー。ニイナせんぱい」

——あぶないんだから、もう。

みわは両手をふりあげた。

「いくら、せんぱいだからって、スピード、だしすぎ！」

——だいいち、公園は、自転車、きんしですよっ。

みわの声なんかかんぺきに無視して、自転車はとまらない。

みわはピッパのリードを力いっぱい引いて、自転車のあとをおった。

この道でいいんだよね？

暴走自転車はもうかげも形もなく、照りつける日ざしが、じりじりと首すじに痛かった。

あじさい通りと看板がでていた。

うちからそんなに遠くないのに、こんな道があったなんて知らなかった。

金あみのへいにそって、あじさいが植えられている。あじさいはふらない雨に枯れ細り、みすぼらしい。

もう片方は、お寺のしきちで、うっそうとしげりあう木々が道のほうにまで、はみだしている。

かげを選んで歩きながら、すこし坂になったつきあたりの幼稚園を右にまがった。住宅街にでた。

みわはほっとした。

だって、このどこかにニイナの家があるような気がしたからだ。

それでも道は迷路のようで、みわは、はあはあ息をついた。

——あっ？

見覚えのある水色の自転車が、すぐさきの門のわきにとまっている。思わず表札をたしかめる。

ＩＲＩＥとローマ字で書かれている。

やっと、つきとめた、ニイナせんぱいの家。

レンガ色の三階だて。白い両開きの窓。光をてかてか受けた屋根は、片側が長く、傾斜もきついが、もう片方はなだらかで、そのアンバランスさが、とてもおしゃれだ。

家をぐるりととりかこむテラス。広い庭は、花がさきみだれ、しばふの緑もあざやかだ。

みわはいっしゅん気おくれした。

——こんな大きな家に、ニイナせんぱい、住んでいるの？

さっきまでのいきおいは、どこに消えた？

ニイナせんぱいに、あやまってもらいたいなんて。

そんなこと……。

「こらっ」

みわは、びくんと肩をすくめた。

シャーッといきおいよく、白いカーテンがあいたからだ。ニイナが小鳥のように、顔をつきだした。

「人んち、かってにはいりこんで、なんの用よ？」

——ニイナせんぱい……。

「いっとくけどね、あんた、大井出みわ、ずっとわたしのあとつけてきたでしょ？」

「だって、それは……」

みわは思わず、こぶしをにぎりしめた。

「ニイナせんぱいが、うちのピッパを、自転車で、ひきそうになったから……」

「ちょっと、人聞きの悪いこと、いわないでよ」

「ううん、あたし、ちゃんと見ました」

「どこに、しょうこが、あるのっ」

――しょうこ？

「そんな……」

「しょうこ、早くだしなさいよ」

ピッパがクーンと鳴いた。耳をねかし、みわを見あげ、せつなそうにあえいだ。

――ピーちゃん？

とたんに、ピッパはうずくまるようにおすわりをした。そのまま、地面に横たわった。

目をとじ、はあはあ、とても苦しそうだ。

「ピーちゃんっ」

みわはぼうぜんとした。

こんなピッパ、見たことがない。

「ピーちゃんが！」

「ちょっと、どうしたのよ」

「ピーちゃんが、たおれた……」

「たおれたって、あんた……」

はだしのままニイナが、かけてきた。

「大井出、あんた、この暑いなか、犬つれて、かけまわったから」

そうだ、あたしは、ピッパをつれて、三十分以上も……。

「熱中症じゃないの？」

――熱中症？

「どうしよう」

「すずしいところへ運ぶのよ」

ニイナがピッパをだきあげた。

「あんたも手伝って」

リビングのゆかに、ピッパをねかせ、ニイナは、水をふくませたタオルで、わきや太もものつけ根をなん度もふいた。

おなかも、首も、耳のなかまで、ひやせるところはみんなひやした。

エアコンをがんがんきかせる。うちわであおぐ。

「ピーちゃん？」

ピッパがやっと目をあけ、おろおろとしっぽをふったとき、みわは泣きそうになった。

「ピーちゃん、ごめん……」

みわはピッパにだきついた。

「あたしのせいだね」

ピッパが黒い目をきらきらさせた。みわの口をなん度もなめた。

「大井出。これ飲ませて。スポーツドリンク。わたしも、熱中症になったとき、これで助かったから」

ニイナはペットボトルのふたをあけると、皿にそそいで、みわに手わたした。

最後の一滴まで、残さずピッパが飲みほした。また、しっぽをふった。

「よかった、元気になったみたい」

「ニイナせんぱい、ありがとうございました」

「あんたは飼い主なんだから、気をつけなさいよ。犬は、暑さに弱いんだから」

「はい……」

でも、もとはといえば、ニイナせんぱいのせいじゃないか。

「なに、なんか、文句あんの？」

「ううん」

みわは首をふった。

それにしても、広いリビングルームだ。落ち着いた色のソファー、てんじょうのシャンデリア、かべにかかった海の絵、ピアノも、だんろもある。

——けど……。

キッチンは、なんだか、ごちゃごちゃしている。

それに、だれもいないなんて……。

「パパは仕事。ママは、しんせきに用があって、でかけている。こういうときでないと、キッチン、ひとりじめできないんだ」

ニイナがみわの疑問に答えるようにいった。

「おかげで、朝から、ずっと、スイーツと格闘中。でも、材料がたりなくて、いそいで買ってきたの」

——だから、自転車で、暴走したの？

「アーモンドパウダーがなきゃ、マジパン細工なんて、ぜんぜん、作れないもの」

「マジパン？」

「知らないの？」

ニイナがあきれたようにいった。

「マジパンっていったら、ヨーロッパの代表的なおかしでしょ？　覚えといてよ」

「はい……」

「あんたの犬が、もうすこし回復するまで、ここにいていいから。わたしは、わたしの仕事をするから」

「仕事？」

みわはちんぷんかんぷんの頭をたたきながら、ニイナのあとについて、キッチンまで行った。

ああっ。

みわは目を見ひらいた。

キッチンのテーブルの上に置かれた、かわいらしい人形たちにくぎづけになった。

なに、これ？

人形は、十センチぐらいの大きさで、白や赤やブルーのドレスを着ている。

ふわふわした金色のまき毛、背中

には小さな羽もついて、とってもあいきょうのある顔立ちだ。

妖精！

いっしゅん、みわの頭のなかで、そのことばがひらめいた。

これは、人形じゃなくて、妖精よ。しずくの森に住む妖精たちよ。

ニイナせんぱいの仕事って、おかしで、妖精を作ることなの？

ニイナが、ひきだしのなかから、一冊の本をとりだした。

「あっ、これ……」

いつもニイナが、家庭科室で読んでいる本だ。

「この本には、マジパン細工のレシピが、いっぱい書かれているの。すっごく、おもしろい」

ニイナがぺらぺらとページをめくった。

かわいらしい妖精の写真だけじゃない、くだものや野菜、花、動物までが、ほんものそっくりのあざやかな色をして、みわの目にとびこんでくる。

これも全部、マジパンで作ったんだろうか？

「むかしね、アーモンドパウダーと、さとうしかなかったときに、パンを作って、人々が、うえをしのいだんだって。それが、マジパンのはじまりよ」

「へー」

「わたしが教わったやりかたっていうのはね、アーモンドパウダーと、粉ざとうと、たまごの白みをこねて、マジパン生地を作り、ねんど細工のようにして、人形を作っていくの」

「髪の毛もドレスも羽も？」

「そうよ、この人形、頭から足のさきまで、全部、食べられる」

「せんぱい、妖精です。人形じゃなくて、妖精」

「えっ？」

ニイナがまゆをひそめた。

「大井出」

ニイナがくぎをさした。

「わたしは、妖精なんて、作ってないわ」

5

雨の夜に

夜がやっとすずしい風を運んできた。

風は水気をふくんで、しっとりと重たい。

雨、ふるかな？

みわは、ベッドにごろんと横たわりながら、みょうにさえた頭を持てあましていた。

きょうは、いろいろなことがあった。

熱中症にかかったピッパにはびっくりしたけど、ニイナのキッチンで見たことが、いまでも、信じられないくらいだ。

だって、あそこには、あたしがいつも空想している妖精たちが、いたんだもの。

もしかしたら、ニイナせんぱいが、おそくまで家庭科室に残っていたわけ……。

マジパンで、妖精を、作っていたのかもしれない。

家では、キッチンが使えないから？

だったら、まどかせんぱいにいって、家庭科室を、どうどうと使えばいいのに。

あんなにすてきなことをしているんだもの。

きっと、みんなも協力してくれる。

そうだ。

みわははっと思いついた。

妖精だけじゃなく、しずくの森や、みずうみも、作れないだろうか？

妖精のおひめさまが住むお城や、赤や青や三角の屋根は？

そうしたら、妖精の国が、実現するんだ。

おかしでできた妖精の国。

みわは、わくわくした。

自分の心のなかで空想したことを、形にできる。

マジパン細工を利用して。

文章や絵だけじゃない、そういう方法もあったんだってこと、なんで、いままで、気がつかなかったのかな？

できあがった妖精の国は、食べるのがもったいないくらい、すてきなのだ。

ありがとう、ニイナせんぱい。

あたし、ちょっと、前に進めそう。

妖精の国のおひめさまは、こわいだけじゃなかった。

スイーツが、とてもとくいだったんだ。

ふっと雨の音が、こもりうたのように、ひびいた。

――しずくの森が、きらきらぬれてる。妖精たちの羽も、きらきらぬれてる。

みわはそんな思いに満足しながら、しずかに目をとじた。

あたし、やっぱり、調理同好会に、はいってよかった。

ニイナせんぱいに出会えたから。

6 さくらの花のロールケーキ

つぎのクラブ活動がある日、みわは、いそいで家庭科室へ行った。

まどかも、はるも、まだきていない。

「なによ、大井出、話したいことがあるって」

ニイナが腕を組んで、みわをにらんだ。

「すみません。急によびだして。あ、この前は、ピッパ、助けてもらって、ありがとうございました」

「別に」

ニイナがつんと横をむいた。

「うちのおばあちゃん、せんぱいほどじゃないけど、おかし作りがとくいで、ぱっぱって作っちゃうんです。あたし、このあいだ、さくらの花のロールケーキを、おばあちゃんといっしょに、作りました」

「そんなこと、いうために？」

ニイナが髪をかきあげた。

「っていっても、ほんのお手伝いていど、なんですけど。あたしが、毎年、春になると、おばあちゃんが作り置きする、さくらの花の塩づけを、ロールケーキのクリームのなかに、いれてみようっていったら、おばあちゃん、それは、よか考えやねって」

　そうよ、クリームは、ヘルシーなと

うふで作ったんだ。おさとうは使わない。そのかわり、メープルシロップであまみをだし、紅こうじで生地を色づけしたんだ。

「ニイナせんぱい。ロールケーキを切るとね、ほんもののさくらの花びらがでてきて、見た目もすごくきれいでした。かすかなお塩のしょっぱさが、あまさのなかに、じーんとひろがって、とってもおいしかったです。で、つぎに、考えたのが、よもぎの葉っぱを粉にして、生地にまぜこんだら、どうなるかなって……」

きっと、きれいな緑色のロールケーキができあがる。

あたしが、いつもイメージしている、しずくの森のように。

「おばあちゃんたら、道ばたにはえてるよもぎを、いっぱいつんできて、かんそうさせて、粉にするんです。おもちにまぜたり、ホットケーキにいれて焼いたり……抹茶よりも、色がこくて、春のにおいがして、あたし、これで、ロールケーキを作ったら、しずくの森が、できるかなって思いました」

「しずくの森……？」

ニイナが首をかしげた。

「すてきでしょ？　せんぱい。妖精たちって、きっと、そんな森に、住んでいるって、あたし、思うんです」

「また、妖精？」

「あたし、料理はまだまだだけど、アイデアなら、いくらでも、だせます」

みわは心からいった。

「マジパン妖精、感動しました」

「だから、わたしは、妖精を作っているわけじゃないの」

「あたし、マジパン細工を使えば、あたしの心のなかの空想物語を、形にできるんだって思ったら、すごくうれしくなったんです」

「なんで、わたしが、大井出の心のなかを、形にしなきゃいけないの？」

「マジパン妖精だけじゃなくって、妖精たちの住んでいるしずくの森や、お城や、みずうみも……」

みわはいいだしたら、とまらなくなった。

「そうだ、せんぱい、くず粉ってあるでしょ？　あれも、うちの台所の常備品です。おばあちゃんたら、あたしがおなかこわしたとき、片栗粉より、ずっとからだにいいからって、くず湯を飲ませてくれた。かたやきそばに、野菜たっぷりのくずあんかけとか、あたし、すごい大好物」

「こんどは、くず粉」

ニイナがあきれた。

「くず粉を使えば」

みわはひるまず、むねをはった。

「きらきら、朝日に光るみずうみが、表現できます」

「それが、マジパン細工と、どう、関係あるのよ？」

「なんか、マジパン細工と、いろんなスイーツを組みあわせたら、ちょっと、おもしろいかなって、思ったんです」

みわはいった。

「味だって、いろんな味が楽しめて」

「わたしはね、マジパン人形を作る技術を、もっと、高めたいの」

ニイナがきっぱりといった。

「ほかは、興味ないわ」

「だったら、家庭科室で、こそこそなんか、しないでください」

「だれが、こそこそなんて！」

ニイナがはきすてた。

「マジパン細工は、スイーツのカテゴリーをこえて、芸術品なのよっ」

「でも……」

くいさがろうとするみわをかわして、ニイナはいつもの本を取りだすと、音をたててページをひらいた。

7 人形の名はエリス

あの日から、ニイナとぎくしゃくしている。

みわは、ま夏のやけどしそうな道を歩いていた。

まぶかにかぶったぼうしから見える町は、さばくのなかに浮かんでいるようで、すべてが黄色くとろけそうだ。

——あれ以上、どんな技術が、いるっていうの？

みわは首をふった。

——ニイナせんぱいは、あれ以上、どうしたいっていうの？

「ほんと、わかんないなあ」

——そりゃあ、マジパン細工をきわめるのは、すごいと思うけど……妖精の国ができたら、もっと、楽しいのに。

そうよ、ぜったいに、楽しいはずだ。

『調理部に昇格するための、大勝負、なんかないかな？　考えといて。宿題よ』

一学期最後のクラブ活動の日、まどかがそういった。あの日みわは、欠席したニイナに、宿題を伝えてきますと、とっさに名乗りでたのに……。

いきなりたずねたら、ニイナは、なんていうだろう？　口をきいてくれるだろうか？

でも、ぎくしゃくしたまま、夏休みをすごすなんて、そんなことはできやしない。

クラブ活動は二学期までないのだから。

みわは、黄色い町をにらみつけた。

妖精の国を作りたいって、もう一度、ニイナせんぱいに、いってみよう。

そうだよ、あきらめないで。

ニイナのパパはアメリカに出張で、ママもいっしょに行っているとまどかから聞いていたので、いまごろ、ニイナは、キッチンを、ゆうゆうと使っているだろう。

マジパン妖精に、また、会えるんだ。

足もとに力がしゃんとみなぎり、みわは、暑さもあまり感じなくなった。

インターフォンをおすと、

「なに？」

ニイナが、ぶっきらぼうにドアをあけた。

さっぱりとしたギンガムチェックのワンピースが、ニイナにとてもにあっている。

まどかの宿題を伝えると、

「まどかは、そればっかりね」

ニイナがおおげさに笑った。

「調理同好会を部に昇格するために、がんばってるのは、わかるけど……」

ひさしぶりだ、ニイナせんぱいの笑った顔。みわはほっとむねがゆるんだ。

「まどかのがんばり、からまわりに、おわらなきゃいいんだけどな。まどか、三人兄妹の末っ子だから、しっかりしているように見えて、かわいいとこあるしね」

「はい」

「はるだって、おかあさん、いないぶん、すこしでも、おとうさんのお手伝いしたい、おとうさんの味つけ、マジからすぎるって、いってたな」

知らなかった。

――はるちゃんが。

はるちゃんも、ほんとうはがんばり屋さんなんだ。

「なんか、みんな、家族に、愛されてるよね。うらやましい。うちは、ちがう」

――うそ？

「わたしのパパ、弁護士だから、わたしは、将来、弁護士になるもんだって、かってに決めている」

――弁護士？

みわはニイナのさびしそうな顔をはじめて見た。

「わたし、小さいころから、キッチンに立つのがすきだった。ママは、おかし作りがじょうずで、わたしも、よく、いっしょに作ったわ。わたしとママの作ったおかしを、パパはいつもおいしいおいしいって、食べてくれたの。でも、いつからだったろう？　パパ、すごくこわい顔していうようになったんだ。そんな時間があるんだったら、勉強しなさいって」

みわはびっくりした。

ニイナのほおに赤みがさして、おこっているようにぴくぴくふるえたからだ。

「ママもね、最近、いうんだ。私立中学の受験が、近いんだから、おかし作りより、いまは、勉強のほうが大事なの、将来のために、お遊びはほどほどにするのよって。ママは、料理やおかし作りを、お遊びていどにしか、考えてないのっ」

「せんぱい……」

「けどね、パパには、一個だけ、感謝している。この家に住まわせてくれたこと」

――この家？

みわはニイナの家を、あらためて見わたした。

「この家はね、パパの知りあいの、ドイツ人夫婦が住んでいたの。でも仕事で急にドイツへ帰ることになったの。それで、パパがゆずりうけたんだ、安くね、半年前よ」

ニイナが苦笑いした。

「エリスちゃんっていう、とってもかわいい赤ちゃんがいたわ。ドイツにもどる一か月ぐらい前だったかな、お別れ会があって、わたしたち、手作りケーキをごちそうになった。生クリームたっぷりのケーキの上には、たくさんのフルーツと、かわいらしい人形がかざってあった。エリスちゃんをイメージして作ったんだって。それが、マジパンとの出会いだったの」

「へーえ」

みわは話の中身に、つい引きこまれた。

「わたし、びっくりした。マジパンの人形は、かわいいだけじゃなくって、長い髪もちゃんとついてたし、ピンクのぼうしだって、ドレスのボタンだって、きちんと作ってあった。なんか、心がこもっていて、食べるのもったいなかったけど、口にいれたら、あまくて、おいしかった。わたしね、そのとき思ったの。わたしも、こんな人形が作りたいって」

「せんぱいっ」

「生まれてはじめてだった。自分のやりたいこと、やっと見つかったって思った。そうだ、わたしは、スイーツで、こんなかわいい人形を作るパティシエになるんだ。これが、わたしの夢なんだって」

ニイナが声をはずませた。そのあとふっとうつむいた。

「でも、まだ、パパとママには、いってない。いえないの。キッチンだって、かくれて使ってるし。かといって、受験にも、身がはいらない。だめなの、だめなんだ、わたし」

なにが、だめなの？　なにが？

ニイナせんぱいは、だめじゃないよ。

みわははがゆい気持ちで、ニイナを見つめた。

だって、あんなにすてきなマジパン妖精、作れるじゃない？

なによりも、あたしに、スイーツで、心のなかを表現できるって、教えてくれたじゃない？

みわはせいいっぱい応援したかった。

妖精のおひめさまは、なにも特別な人じゃなかったんだ。

あたしと同じ、なやみだって、いっぱい持ってた。

つらいことだって、あたしと同じくらい……。

「せんぱい、もっと、自分に、自信を持ってください」

みわは思わず口にした。

「パパとママに、いまの自分の気持ち、ちゃんと話してくださいっ」

目頭が痛くなり、おかしな涙がこぼれた。

「あたし、あたし……ずっと、せんぱいの味方ですから」

「お、大井出……」

ニイナがはっとしたように、長いまつげをしばたたいた。

8 記念祭のだし物は？

二学期がはじまるとすぐ、校舎の屋上や校門には横断幕がはられ、風神小は、なにやら活気づいた。

十月なかばの日曜日、風神小創立七十周年の記念祭が行われるのだ。

記念祭は、学校や、みわたち児童のためだけではない、父母や家族や地域の人たちにむけての、セレモニーでもあったから。

風神小出身のおとうさんたら、記念祭には、ぜひ、行くぞ、あのころのワルガキどもも、やってくるかなって、やけにはりきっていた。

校庭では、ソフトボール部やサッカー部が、デモンストレーションをするし、体育館では、ダンス部と合唱部、ギター部に演劇部が、パフォーマンスを行う。

ほかの部や同好会も、記念祭にふさわしいだし物を、それぞれの教室で、アピールするって。

——記念祭か……。

調理同好会は、どんなことを、やるのかな？

二学期はじめてのクラブ活動にむかうとちゅうで、みわはふっと思った。

なんか思いきったことが、できたら、いいのにな。

まどかせんぱいのだした宿題の答えは、まだ見つからなかったし、あの夏休みの日から、ニイナとも顔をあわせていない。

みわは、ふーっと深呼吸すると、家庭科室のドアを思いきりあけ、そして、おどろいた。

「あっ！」

黒板を背にして、家庭科の佐々木先生、ササバーが立っていたのだ。その前で、まどかとニイナとはるが、頭を深くうなだれていた。

——いったい、なにが、あったの？

夏の輝きをまだじゅうぶんにふくんだ光も、ここだけはしぼんで暗い。

「で、これで、全員そろったわけ？」

ササバーが、じろりとみわを見た。

「全員といっても、たった四人ですか？」

皮肉たっぷりのいいかたに、みわは、こめかみがずきんと痛くなった。

「くりかえすようだけど、調理同好会は、人数があまりにすくないし、なんといっても、実績がないので、これからの活動は、見こみがないですよ。この前も、そういったのに」

「でも、あたしたち！」

まどかが声をはりあげた。

「いっしょうけんめい、やっています」

まどかは一歩だけササバーに近よった。

「記念祭の準備だって……」

「あら、記念祭に、参加するつもりなの？」

――どういうこと？

「同好会全部が、参加できるとは、かぎりません」

みわはあっけにとられた。

「だれが、そんなこと、決めたんですか？」

ニイナがいきり立った。

「だれがって、校長先生も、ごぞんじですよ」

「顧問の三河先生には、あたしたちが参加すること、ちゃんと、いいました」

「当日の家庭科室使用許可願いは、まだ、でてませんよ」

ササバーがふふっと笑った。

「でも、あなたたち、記念祭に、なにをするんですか？　なにか、できるものでも、あるの？」

ニイナがくやしそうにくちびるをかんだ。まどかとはるが下をむいた。

「ほら、ごらんなさい」

なにか、とてつもなく熱いものが、みわのむねにあふれてきた。

「で……できます」

みわはいった。

大きな声でさけんだつもりが、ぱくぱく口が動いただけで、だれの耳にも届かなかったようだ。

「できますっ」

みわはもう一度、さけんだ。

「あたしたち、妖精の国を、作ります」

「えっ？」

ササバーが聞きかえした。

「あたしたち、記念祭には、妖精の国を、スイーツで、作ることにしてるんです」

ニイナとまどかとはるが、きつねにつままれたような顔をした。

どうしよう？

みわは心のなかであせった。

さっきの熱いかたまりが、しゅんとひえていった。急に足ががくがくしはじめた。

――どうしよう……。

あたしったら、とんでもないことを、いってしまった……。

みわは自問自答した。

とんでもないこと？
ううん。
みわはなん度も首をふった。
ちがう。ちがうんだ。
あたしは、ずっと、考えていたんだ。
あたしは、心のなかに、きらきらひろがる妖精の国を、形にしたい。
ニイナせんぱいが、教えてくれた。スイーツという方法で、表現できるんだ。
だったら、やってみよう。思いきって、やってみよう。
記念祭はいいチャンスじゃないか。
そうよ。
これは、でまかせでも、うそでもない。
あたしのほんとうの気持ちだ。
みわは目を輝かせた。

――そうよ、これが答え、宿題の答え！

「ニイナせんぱいは、マジパン細工が、とてもとくいです。マジパン細工で、あたしたち、妖精の国を、作ってみせます」

ふたたび熱でふくれあがったむねの思いを、みわは、ぶちまけた。

「マジパン？」

ササバーが、まゆげを触角のようにあげた。

「はい」

――あたしたち、きっと、四人で……。

みわはおでこに人さし指をあてた。

みわの目にはっきりとけしきがうかんだ。

それは、記念祭で、人々から拍手かっさいを受け、学校一の注目をあつめること。

そう、記念祭いちばんのショーをするんだ、調理同好会、あたしたち四人で。

「先生」

みわはたたみかけた。

「記念祭で、あたしたちの努力がみとめられたら、実績をつんだことになるんですよね?」

「なんといっても、校長先生のご判断によりますよ」

「だったら、あたしたち、校長先生に、調理同好会は、すごいねといわせてみせます!」

「口でいうのは、かんたんよ」

「はい、でも、あたしたち、やります。やりたいんです」

みわは頭をさげた。

「お願いです。家庭科室を使わせてください、お願いします」

みわにつづいて、まどかとニイナとはるが頭をさげた。

「どっちにしろ……」

ササバーが低い声でいった。

「調理同好会は、解散の予定だから、最後の活動ということで『妖精の国』とやらを、作ってもらっても、まあ……かまいませんがね」

みわはまっすぐササバーを見た。

「がんばります、あたしたち……」

――そうよ、必ず……。

「では、お手なみ拝見ね」

ササバーが行ってしまうと、まどかが、床にくずれおちた。

「く、くやしっ」

まどかは床をたたいた。

「ササバーって、なんてやつ！　あたしたちのこと、ばかにしてさ！」

それから、ふいに立ちあがった。

「大井出さん、あんた、どういうつもりよ？」

ほこさきをむけられて、みわは、どぎまぎした。

「妖精の国だよ」

まどかははげしく頭をかいた。

「ササバーに、あんなこといって！」

「そうだよ」

はるもせめ立てた。

「あたしたちに、なにが、できるっていうんだよ。どうするんだよっ！　妖精の国？　知らないよ、そんなの……」

まどかがはきすてた。

「こまるよ、ひとりで、さきばしるのって、大井出さん」

「でも……」

みわは力をふりしぼった。

「ニイナせんぱいの腕があれば」

「どういうこと？」

まどかがニイナをふりかえった。

「そりゃあ、ニイナが、家庭科室に残って、なにかをしているってことは、知ってたけど……」

「ごめん」

ニイナがいった。

「ここを借りて、練習するしかなかったの。家では、ちょっとむりだったから。ないしょにして、悪かったって思うけど」

「そういえば、ニイナ、スイーツ作りが、だいすきだったよね？　パティシエになりたいって、いつか、いってた」

「パティシエ？　かっこいいー」

はるが身をくねらせた。

「でもね、うちのパパもママも、わかってくれない。受験勉強しなさいって、それればかり」

「ニイナ……」

まどかが同情した。

「それだけじゃないよ。わたし、このごろ、自分でなっとくいくマジパン人形が、ぜんぜんできない……スランプかな？　どうしてだろう、どうしてだろうって、脳みそが、でちゃうくらい悩んだの」

ニイナが頭をかかえた。

「わたし、マジパン細工は、芸術性や技術力が大切だって、ずっとずっと、思ってきた。でもね、大井出が……」

——あたしが？

自分の名前をだされて、みわはめんくらった。

「大井出ったら、自分の空想話、わたしに、聞かせるのよ。まいっちゃった」

「……せんぱい……」

「でもね、大井出の発想って、けっこう、おもしろい」

「えっ？」

「技術とか芸術性とか、そんなものにこだわって、がちがちになるより、楽しくて夢があって、わくわくする気持ちを、スイーツで、表現するのも、悪くないって。そっちのほうが、大事なのかな、って。そう思ったら、スランプから、ほんのちょっと、ぬけだせたの」

「ニイナせんぱい！」

みわは目の前の霧が、ぱっとはれたような気がした。

通じてたんだ、あたしの心。

届いてたんだ、あたしの気持ち。

いつ、どこで？

ニイナせんぱいは、わかってくれたの？

妖精のおひめさまは、こんなにもやさしい気持ちの持ち主だったなんて。

「まどか。それから、はる」

ニイナがきっぱりといい放った。

「わたしは、大井出の意見に、さんせい」

まどかが口をあんぐりあけた。

「記念祭に、もしも、うちのパパとママが、やってきたら……わたしが、いっしょうけんめい、妖精の国を作っているのを見たら……パパとママは、わかってくれる。ううん、わからせるわ。わたしの気持ちが、真剣だって、スイーツにかける夢は、ほんものだったんだって」

「スイーツに、かける夢か……」

はるがみわの腕をつかんだ。

「あたしも、さんせいにまわっていい？」

「はるちゃん……」

「だって、スイーツでしょ？　妖精の国は、スイーツで、できてるんでしょ？　あたし、前から、スイーツが食べたかったんだ。ううん、作りたかったんだ。あたし、だいすきだもん、あまいの」

「なによ、あたしだけ、仲間はずれ？」

まどかがわめいた。

「あたしもさ、よくよく、考えてみたらさ、記念祭で、実績をつんだってことになったら、調理同好会は、あたしの念願だった部に、昇格できるかもしれないじゃん」

まどかが指を鳴らした。

「あたしの夢もかなうんだよっ」

「そうよ、まどか」

「みんなの夢が、かなうんだよ、ニイナ」

「でも、どうやったら？」

まどかが不安をにじませた。

「どうやったら、みんなを、あっといわせるものができる？」

「あの……」

みわはいった。

「ライブ……」

「ライブ？」

三人が顔を見あわせた。

「スイーツ・ライブを、するんです」

「スイーツ・ライブ？」

こんどは、三人ともぽかんとした。

「うちのおばあちゃん、料理を作りながら、いっつも、九州弁で、説明してくれるんです。とってもわかりやすくて、楽しいの。あたしは、たいしたお手伝いもしていないのに、なんだか、あたしもいっしょになって、作っているみたい。そうだ、あたしも、おばあちゃんといっしょに、これを作ったんだって、完成した料理を見たとき、とっても、うれしい気持ちになったの」

みわはぐっと顔をあげた。

「だから、作ったものを、はい、どうぞっていって、だして、食べてもらうんじゃなくて、ゼロから、作りはじめるところから、お客さんに、じっくり、見てもらうんです」

「実演ってこと？」

まどかがいった。

「はい、スイーツで、妖精の国が、だんだん、できあがっていく過程を、ライブを見にきたような感じで、みんなに、楽しんでもらうの」

「そうか、レシピのプロセス、そのものを、ライブ感覚で、見せてしまう」

ニイナがいった。

「そして、お客さんと、一体となって、盛りあがる。家庭科室を、ライブ会場に、変身させる」

「おもしろそうじゃん」

はるがいった。

「うんうん」

まどかが身をのりだした。

「音楽や、お芝居だけが、ライブじゃない。料理でも、ライブができるってこと、みんなに、見せてやろうじゃん」

「楽しくて、おいしいライブをね」

ニイナがかた目をつぶってみせた。

「うちら、ササバーなんかに、ぜったい、負けないっ」

そのあと、四人で円陣を組み、思いっきり声をはりあげた。

「調理同好会、がんば！」

9 妖精の作りかた

よく週から、ニイナに教わって、みわたちは、マジパン妖精の作りかたをみっちり練習した。

なんといっても『妖精の国』を、ライブで出現させなくてはいけないから。観客の前で、まごついたりしてはだめだ。レシピをちゃんと覚えて、スムーズに、スピーディに、しかも楽しく、みんなにひろうしなくては。

まずは、ニイナ以外の三人が、作りかたを覚えなければ話にもならない。

でも、その練習のために、材料を調達したり、なにかとお金はかかる。正式な部ではないので、予算はない。

できるだけ、家にあるもので、まにあわせよう、それでも、たりないものは、まかせてと、ニイナが資金ぐりを買ってでた。

そんなの、ニイナひとりにおしつけられないと、まどかとはるが、お年玉の残りを寄付し、みわは、おばあちゃんからもらったおこづかいを全額カンパした。

ほとんどが夕ごはんのお手伝い賃だ。それでも、意外とたまっていたことに、みわは満足だった。


「マジパン細工の基本は、生地を作る。パーツを作る。着色する。組み立てるの四つだからね。まずは、生地作りから、いってみるね」

九月なかばの調理室で、ニイナの明るい声がはじけた。

「大井出、いい？」

「はい」

みわは、同じ分量の粉ざとうとアーモンドパウダーを、ふるいにかけた。

さらさらとボウルに落ちる粉ざとうは、きれいなパウダースノー、粉雪そっくり。アーモンドパウダーも、粒がこまかく、とってもいいかおりだ。

みわは、その二種類をよくかきまぜた。

「じゃあ、はる」

ニイナのあいずと同時に、はるが、たまごの白みをすこしずつ、たらしていった。

ゆっくりとこねはじめながら、みわは、さっきまで、粉状だったものが、まったりと、パン生地のようにまとまってくるのが、不思議でならなかった。

ふっくらとなめらかで、こんなにも弾力があるなんて。

となりで、まどかが熱心にノートをとる。

ボウルのなかみが、いいぐあいにまとまったところで、みわは、生地をこね、のばし、ふたつに折りあわせ、またこね、のばした。

まるでねんど細工をしているみたいだ。

「ちょっと、味見、させてよ」

はるがおもちをひねるようにして、マジパン生地をちぎって食べた。

「ずるーい、はるちゃん」

「ほらっ、あんたも」

はるが、みわの口におしこんでくれた。

アーモンドのこうばしいかおりが、のどのおくまで満ちた。マジパン生地は、なんてもっちりとして、なめらかなんだろう。

「こら、あんたたち」

まどかがいった。

「あたしにも、ちょうだい」

まどかがひな鳥のように口をあけた。

はるが生地を丸めて、ぽとんと落とした。

「うまっ」

「もう、まどかまで」

ニイナがあきれた。

「そうだよ、味見は、はるにまかせて、まどかせんぱいも、大井出も、しっかり、仕事（しごと）してよね」

はるがニイナに加勢（かせい）した。

「あんたは、ほんとに、なにしにきてんの？」

まどかがおこった。

「いいから、ノート」

ニイナがいった。

「はいはい」

みわはぷっとふきだしそうになるのを、こらえながら、

――あれっ？

いっしゅんどきんとした。

調子（ちょうし）にのって、手を動（うご）かしつづけていたのが、いけなかったのか？

ねばりが急にでてきたからだ。指（ゆび）がのりをまとったように、べとべとする。

「はるちゃん、たまごの白み、おおすぎたかもしれない」

「うっそ」

「粉ざとうを、たしてみるね」

マジパンの材料は三つしかない。粉ざとうがだめなら、アーモンドパウダーでためすんだ。

みわは、粉ざとうをふるいにかけ、さささっといれた。

――あっ、いい感じ。

べたつきがおさまって、生地が、適度なかたさをとりもどした。

「そうか、粉ざとうとたまごの白みで、生地の弾力が調整できるんだね」

はるが拍手した。

よしっ。

これで、マジパン生地のできあがりだ。

みわはふうと汗をふいた。

「生地作りがおわったら、つぎは、妖精のパーツ作りよ。着色と、最後の組み立てが残っているけど、やっと、半分まできたわ」

ニイナの声がまたひびいた。

「妖精のパーツ作りは、胴体と頭、手、足っていうふうに、それぞれの部分にわけて考えるの。胴体は、大きめの玉、頭は小さめの玉、手と足は、もっと小さめの玉。服を着せ、耳や目や鼻、口や髪の毛をつけるとなると、もっとたくさんの玉が必要よ。まずは、パーツ作りにかかせない玉が、いくつ必要なのか、きちんと把握すること」

へーえ、玉か。

――玉が、パーツのもとなんだ。

みわははるといっしょに、生地をちぎり、だんごのようにつぎつぎと丸めていった。

大中小さまざまな玉ができた。

さらにその玉を、胴体はたわら型に、手足は細長く、こねなおした。

――そうか、これを、組み立てれば、あたしの空想する妖精の形になるのか？

みわは、はやる気持ちをおさえ、たわら型の胴体に、頭と手足をくっつけた。接着剤のかわりは、とかしたチョコレートだ。

胴体に、頭はうまくのっかったが、重みで、足がとれた。

「へたくそ」

はるが笑った。

「なによ、はるちゃんだって」

はるは頭が小さすぎて、なんか、ちぐはぐだ。

「あのね、バランスを、よく考えてよね」

ニイナがいった。

「あたしはさ、頭でっかちでも、チョーか

わいいのが、いいな」

まどかが口をはさんだ。

「じゃあ、ちょっと、サンプルを、作ってみるね」

ニイナが生地玉を、しなやかな手つきで、それぞれのパーツにととのえ、チョコレートの接着剤でつないでいった。

ウエストがくびれた、きれいな足長の妖精と、太く短い足を強調した、ずんぐりむっくりの、まるで、白雪姫にでもでてきそうな妖精ができた。

「どう、どっちがいい？」

そりゃあ、あたしの空想にでてくる妖精は、どの子も、スタイルがよくて、きれい

だったけど……。

いまは、はだかんぼうの妖精たちでも、顔をえがいて、ドレスを着せ、羽をつけたら……。

ころころ太った妖精も、捨てがたい。

「あたしは……あたしも、まどかせんぱいがいったみたいに、かわいくて、元気いっぱいの妖精がいいと思います。あんまり形にこだわるよりも、お客さんが見て、楽しいなって思ってくれるのが、いちばんだから」

みわはいった。

「そうね」

ニイナがいった。

「ほんと、チョーかわいいのにしてよ」

まどかが念をおした。

10

悩めるみわ

夕食がおわったというのに、すきなテレビ番組を見る気分にもなれず、みわは、つくえの上でほおづえばかりついていた。

ときどき、くせのように、ため息がもれる。

——あー、やっぱり、ニイナせんぱいには、かなわないな。

自分がどうがんばったって、マジパン生地から、夢にまで見た、きれいな妖精を作りだすなんて、できやしないのだ。

だって、みわが作るのは、三頭身の、太っちょ妖精ばかりだ。

たとえば、目のくぼみを作ったり、くちびるの形を切りこんだり、妖精の羽のすじや、ドレスのもようをつけるための、さまざまなスティックを利用したとしても、ニイナみたいにうまくいかない。

まるでギリシャ彫刻のように、躍動感あふれる妖精を生みだす、ニイナのしなやかな指さきに、あこがれ、ううん、おかしなしっとさえ、わいてしまう。

――あたしには、できない、あんな技。

そうよ、さか立ちしたってかなわない。

やっぱり、あたしは、あたしの空想物語を、形にはできないのかな?

きょうは、マジパン生地に、着色をした。

着色は、食用色素のパウダーを、水にとかして、生地にねりこむのだ。

目がさめるくらいあざやかできれいだ。

けど、はるちゃんがいったっけ。

「食用色素って、なんか、色がどぎつくて、あんまり、おいしい感じがしないよ」

あたしはあのとき、ぱっと思いついた。

おばあちゃんといっしょに作った、さくらの花のロールケーキが、まぶしい光のように頭のなかでゆれたから。

「野菜パウダーを、使ってみたら、どうですか？」

だって、よもぎの緑の粉をねりこめば、グリーンのドレスができるし、むらさきいものパウダーは、むらさきのドレスになる。

かぼちゃパウダーなら、オレンジのドレス、紅こうじや、ストロベリーパウダーは、ほっぺたの赤みや、くちびるをそめるのに使える。

ほかにも、とうもろこしやれんこん、ほんれんそうのパウダーだってある。

「野菜パウダーだけじゃなくって、ココアやきなこや、黒ごまペーストも」

――そうよ、いろんな食材を使って、着色ができるんだ。

おばあちゃんがよく行く、ステーションビルのお店に行けば、有機栽培の野菜パウダーが、たくさん売られている。

「特売日をねらって、おばあちゃん、いっぱい、買ってくるんです」

そこで、みわの家にあった、なん種類かのパウダーを使い、ためしに、よもぎの粉と、紅こうじで着色したマジパン生地の玉を、メン打ち棒でのばして、ぎょうざの皮みたいにうすくし、二体の妖精に着せてみた。

たわら型の胴体にまきつけ、ドレスのすそは、ふわっと空気をはらむようにして、ひらひらさせた。

あざやかな緑と赤のドレスが、できあがった。

「お、いいじゃん」

いのいちばんに、まどかがいった。

「生地に、色が、なじみにくいのが、難点だけどね」

ニイナがいった。

さっそくはるが味見をした。

「マジパン生地があまいから、よもぎの粉とよくあうよ。でもさ……」

「なに？」

まどかがきいた。

「紅こうじって、カビなんだよね？」

「紅こうじ菌からとった色素だもん」

ニイナが答えた。

「あたしは、ストロベリーパウダーのほうが、いいな」

はるはストロベリーパウダーをスプーンですくうと、ぺろりとなめた。

「このままでも、すごく、おいしい。紅こうじは、お酒みたいで、はる、頭がくらっとした」

「うんうん」

まどかもいった。

——そうかな？

おばあちゃんとロールケーキを作ったときは、そんな感じ、しなかったけど。

みわはあらためて、紅こうじパウダーをてのひらにとってみた。

舌さきにのせると、苦みがつんと走った。

——そうか、おばあちゃんは、紅こうじをほんのちょっぴりしか、使わなかったんだ。

だから、あまさをひかえた、ほんのり淡いピンク色のロールケーキにしあがった。

けど、マジパン生地に着色するには、けっこうたくさんの紅こうじを使う。

そのぶん、発酵した苦みは強い。

――はるちゃんのいうとおりかも。

紅こうじは、おとなの味だ。

あたしたち子どもには、ストロベリーパウダーのほうが、おにあいかもしれない。

「うん、はるちゃん、あたしもそう思う」

みわはいった。

「口にいれるってことをさ、いちばんに考えるなら、食用色素より、安全な野菜パウダーを使うべきだよね」

まどかがまとめた。

「うん」

はるがえばっていった。

「マジパン細工は、おいしいスイーツなんだから。あたしたちは、芸術品を作ってるわけじゃないんだから」

ニイナが苦笑した。

はるちゃんたら、ほんと、いいにくいこと、ニイナせんぱいの前で、ずばずばいったよな。

みわはほおづえついた腕を、反対の腕に替えた。

茶の間から、おとうさんやおかあさんの笑い声が聞こえてくる。

きっと、テレビのお笑い番組を見ているんだ。

――ほんと、のんきだよな、あのふたり。

おばあちゃんは、自分の部屋かな？

それとも、なにか、新しいおかしでも考えているのかな？

「あっ」

そう思う気持ちの底で、不思議とみわの脳裏にひらめいた。

スイーツ・ライブのための、物語を作ってみては、どうだろうか？

ニイナせんぱいには、かなわないんだ。

同じ土俵でたたかってもだめなんだ。

みわはおでこに人さし指をあてた。

「とおーいとおーい空のはてに、ふたつの妖精の国がありました。

きれいな花がさきみだれる『さくらの花の国』と、もうひとつは、緑のしずくが、野山にうるおいをもたらす『しずくの森の国』です。

きょうは、とても、おめでたい日です。

それは、さくらの花の国の王女、さくらひめと、しずくの森の国の、しずく王子との、結婚式が行われるからです」

――うんうん、いい感じ。

みわはことばを、どんどんつなげていった。

「広場では、妖精たちが、ふたりの結婚をお祝いして、歌ったりおどったりしています。

森の動物たちも、そっと顔をのぞかせ、ふたりを、やさしく見まもっています。

みずうみは、きらきら光り、花も鳥も、お魚まで、うれしそうに……」

みわははっとした。

そうだよ、妖精だけ作っても、たりない、背景となるものがぜったいに必要なんだ。

いつかニイナせんぱいに、いったみたいに。お城や、動物たち、みずうみ……。

それらは、主人公の妖精たちを、いきいきとリアルにしてくれる。

みわの顔にぽっとあかりがともった。

「あたし、背景なら、作れるかもしれない」

おばあちゃんといっしょに作った、さくらの花のロールケーキを、妖精たちのまんなかに置いてみたら？

そして、もうひとつ、よもぎの粉で、緑にそめあげたロールケーキを用意しよう。

こっちは、しずくの森の国だ。

あたしが、前から作ってみたかった、しずくの森のロールケーキが、やっと、日の目を見るかもしれない。

みわはわくわくした。

さくらの花のロールケーキの作りかたは、覚えている。

しずくの森のロールケーキだって、同じように作ればいい。

さくらの花の国と、しずくの森の国のさかいには、くずで作ったみずうみを置こう。

そうだよ、四人で、作りあげるんだ。

四人が力をあわせて、それぞれとくいな分野を、それぞれ、いっしょうけんめいすればいい。

あたしの空想した妖精の国が、やっと形になる。

みわは風船玉のようにふくらむ気持ちを落ちつかせた。

決まった!

あたしは、妖精の国の背景作り。

はるちゃんには、味見係をやってもらおう。MC(司会)は、まどかせんぱい。

そして、主役の妖精たちは、もちろんニイナせんぱいの担当だ。

ちゃんと役割分担して、スイーツ・ライブを完成させたら、それが最高。

それがいちばんいいんだ。

11

かな子のできること

「いいね、あんたは。のんきでさ」

ひさしぶりに遊(あそ)びにきた、かな子(こ)がいう。

ぬれえんで、ひざをかかえたまま。

十月はじめの庭(にわ)は、すっかり秋めいて、きんもくせいのかおりが、せつないくらいにあまい。

「のんき？　じょうだんじゃないよ」

みわの足もとで、ふせをしていたピッパがびっくりしたように、首を持(も)ちあげた。

「あたしは、いま、燃(も)えてるの」

——そうだよ。

こんなに、やる気になったのは、生まれてはじめてだ。

勉強だって運動だって、だめだったあたしが。

目標が見つかったせいかな？

練習に練習をかさね、ニイナせんぱいにしごかれながら、妖精の国作りは、着々と進んでいる。

あたしの会心のストーリーを、みんなが受けいれてくれたときは、ほんとうにうれしかった。

いままでに、こんな、うれしかったことって、あったかな？

舞台は決まったんだ。

結婚式でにぎわうふたつの妖精の国。さくらの花の国としずくの森の国。

ウェディングドレスを着たかわいいさくらひめと、りりしいすてきなしずく王子。

なんて、ロマンチックなんだろう。

「かなちゃん、調理同好会ね、やっと、いま、ひとつになったんだ」

ピッパがいきおいよく鳴いた。まるで、みわを応援するみたいに。

「みわ、あんたが、うらやましいよ」

「なんか、あった？」

きょうのかな子は、ちっともかな子らしくない。

いつもは元気いっぱい、クラスの中心にいて、みわを引っぱっていってくれるのに。

「あたし、ダンス部の、オーディション落ちて、記念祭には、でられないの」

「え！」

「パパとママ、くるっていったのに。かな子のダンス見るの、楽しみだっていったのに、どうしよう、あたし……」

「かなちゃん」

ピッパがかな子のつまさきに、前足をのせた。まるで、なぐさめてでもいるようだ。

「ピー、おまえだけだよ、あたしの気持ちを、わかってくれるのは」

かな子がぐすんと鼻をすすった。

「あたしさ、がんばったのに。あたしのダンス、みんなより、ワンテンポおくれるんだって。キレがないんだって、六年生が、いうんだよ」

「かなちゃん、来年だって、さ来年だって、あるじゃない？」

「記念祭は、毎年やるわけじゃないっ」

「ちがう、ちがうよ。風神小のダンス部って、実績つんでるじゃん。コンクールに、ばんばん入賞してるしさ。いつか、かなちゃんも、コンクールに、でられるよ。それまで、がんばろうよ」

みわはいった。

「ダンスがだめでもさ、歌とか、演技とか、あとは……顔？」

「それって、なぐさめてんの？」

「もちろんだよ」

「なによ、自分は、記念祭、でられるからって」

「あたしたち、がけっぷちに立ってるの」

思わずみわは力をこめた。

「がけっぷちだよ、かなちゃん。ここで、がんばるしかないんだよ、あたしたち。だって、調理同好会、つぶれちゃうかもしれないんだ」

「うっそ」

「ササバーがね」

「あいつが？」

「ササバーったら、あんまり、ひどいことというから。あたし、ついつい、頭にきて、ササバーにいっちゃったんだ。調理同好会は、記念祭で、学校いちばんの、パフォーマンスをしますって」

「すごーい、ササバーに、みわが、けんかを売ったの？」

かな子があきれた。

「みわって、そんなどきょう、あったっけ？」

かな子がしげしげとみわを見た。

「でも、知らなかったよ、調理同好会が、がけっぷちにいたなんて」

――だから、あたしたち……。

「あたしたち、記念祭で、みとめてもらうの」

みわは声を大きくした。

「調理同好会は、ぜったいに、つぶさせないっ」

「なんか、できることあったら、いってよ」

「いいの？」

みわはおでこに人さし指をあてた。

「だったら、ビラくばり、たのんでもいい？」

「ビラくばり？」

かな子がきょとんとした。

「あたしたち、四人しかいないでしょ？　手がたりないの。かなちゃんに、ビラくばりしてもらって、記念祭にきてくれたお客さんに、スイーツ・ライブのこと、いっぱい、知ってもらいたいの」

「あたしさ、六年生のお世話しか、することないんだ。くつや衣装、用意したり。六年生が舞台にあがっちゃえば、けっこうひまなの」

「ほんと？」

「記念祭にきてくれた人を、家庭科室まで、よんでくるんだね、みわ」

「うん」

「あたしの魅力で、よびよせるか」

かな子がにやっとした。

「スパンコールのタンクトップで、チョー目立ってやる」

「そうだよっ」

みわはかな子にだきついた。

「ありがと、かなちゃん」

ピッパがうれしそうにしっぽをふった。

「これで、交渉、決まりっと！」

それから、おばあちゃんが焼いてくれたかぼちゃのおやきを、ふたりで、むさぼるようにたいらげた。

ピッパももちろん、お相伴にあずかりながら。

12

スイーツ・ライブ

記念祭の当日は、みごとなくらいさわやかな晴天だった。

校長先生の話がおわると、生徒全員、それぞれの教室にむかい、どこの部や同好会が注目をあつめるかと、話題はそればかりに集中した。

もちろん、家庭科室でも。

みわはエプロンと三角巾を身につけながら、なんだか、いさましい戦士のような気持ちでいた。

ニイナもまどかもはるも、きょうは、きりっと顔がひきしまり、三銃士ならぬ四銃士にでも変身したみたいだ。

おかしなきんちょうはほぐれるどころか、みわのなかで最高潮に達した。

まどかの指示で、円陣を組み、声をかけあうと、のばしたみんなの手がやけに熱くて、みわはどきどきした。

「それぞれの役割、確認しまーす」

まどかがいった。

「えへん、あたしがMCで、大井出さんの考えたストーリーを、アレンジして、レシピの手順にあわせて、いうからね。マイクの準備、できてたっけ？　もう、かんぺき、暗記しちゃったから。もちろん、マジパン妖精は、ニイナの担当。大井出さんは、妖精の国の背景作り。はるちゃんは、大井出さんやニイナのサポートにまわりつつ、味見をしっかり、お願いね」

「はいっ」

はるがいせいよく返事した。

みわはきんちょうがまだほどけず、落ち着きをとりもどそうとばかりに、ライブの会場となる家庭科室をあらためて見わたした。

きょうは、格別に部屋のそうじが行きとどいている。

まんなかの長いつくえははしにかたづけられ、黒板の前のとりわけぴかぴかに輝いた二台の調理台をかこむように、丸いすがならべられている。

これなら、スイーツを作る手もとも、観客たちからよく見えるだろう。

あれが、あたしたちのステージだ。

そして、もうひとつのステージは、調理台のまん前に置かれた、どっしりとした横長のテーブル。

ニイナが家の納戸で見つけてきたのだ。

ドイツ人夫婦が置きわすれていったものだとニイナはいったが、テーブルの足には、きれいな草花のもようがほどこされ、歴史の重みも感じられる。

ほこりをふき、きれいにみがきあげ、若草色の和紙をかけたら、妖精の国を出現させるにふさわしい場所となった。

スイーツ作りに欠かせない材料と、かごに盛られた色とりどりのフルーツが、調理台のステンレスに反射してきらきらまぶしい。

マジパン細工のための、ヘラや、矢じりみたいなスティック、はさみ、ナイフ、ふで、道具もばっちりそろっている。
やる気いっぱいのパティシエも、全員集合した。


「おっはよ」

明るい声をひびかせて、かな子がやってきた。

金や銀のスパンコールいりのタンクトップが、かなりはでだ。

「あたし、若宮です。みわの助っ人。よろしくぅ」

「こっちこそ」

まどかが、ビラのたばを、かな子にわたした。

「若宮さんだっけ。こんなのしか、できなかったんだけどさ」

「まどかせんぱい、はるが、いっしょうけんめい作ったんですよ」

はるが文句をいった。


「へーえ、いいじゃん」

かな子がにこっとした。

「けっこう、うまいじゃん」

ほめられて、はるが照れた。

「百万人ぐらい、ここに、よんでくるからさ、みわ、おいしいの作ってよ」

このあいだの落ちこみがうそのように、かな子は元気がいい。

「お願いね、かなちゃん」

みわはかな子の後ろ姿にむかって、いのるように声をかけた。


三十分ほどして、かな子がもどってきた。

「ねえねえ、お客さんきた？」

「だって、まだ、時間早いし」

みわはいった。

校庭のあちらこちらでは、父母や、地域の人たちが、ぽつりぽつりとあつまりだした。

これからはじまるソフトボールやサッカーの試合を、観るのだろう。

「そのうち、こっちにも、やってくるね」

かな子がいった。

「ビラ、全部くばっちゃったから。うちらのクラス、全員にもね」

「うんっ」

「あたし、ちょっとダンス部に、顔だしてくる」

「かなちゃんも、がんばってね」

「じゃあ、また」

かな子が家庭科室からでていくと、まどかがこぼした。

「あー十人ぐらい、あつまらないかなあ」

「まどかせんぱい、だいじょうぶです。きっと、ここが、満員になります」

みわはこぶしをふった。

「二、三人だけだったらさ、作ってても、はりあい、ないじゃん」

「いちばん大事なのは、妖精の国を完成させることよ。みんなの力でね」

ニイナがいった。

「それもそうだけど……」

まどかが、しぶしぶなっとくした。


お昼が近づくにつれて、みわのなかで、またいやなきんちょうがふくれあがった。

あたし、うまく、できるかな？

レシピどおりにいくだろうか？

おかあさんの作ってくれたお弁当も、あまりのどを通らない。

みわは、はしを置く。

そんなことより、あたし、ササバーと約束しちゃったんだ。

あたしったら、なんて、ばかなこと、いってしまったんだろう？

いわなきゃよかったのか？

いまさら、後悔してもはじまらない。

――そうよ、あんなに練習したんだから。もう前に行くしかないんだ。

前へ。

「大井出」

いきなりはるが、肩をつかんだ。

「顔、引きつってるよ」

「そうかなあ」

「ほら、こんぺいとう、あげる」

はるがこんぺいとうをつまんで、みわにくれた。

「あまいもの、なめれば、頭も、休まるって」

いっしゅん、みわははっとした。

――こんぺいとう？

てのひらで、赤と青のきれいなこんぺいとうが、ぬれたように光っている。

そうよ、こんぺいとうよ。

「はるちゃん、これ、妖精(ようせい)の国作りに、使(つか)えないかな？」

みわは弁当箱(べんとうばこ)をかばんにしまうと、はるの横(よこ)をすりぬけ、まどかのそばにかけよった。

「ちょっとちょっと、どういうことよ？」

まどかがまゆをよせた。

「こんぺいとうが、どうしたって？」

「いま、急(きゅう)に、ひらめいたんです」

みわはいった。

「ロールケーキのクリームに、こんぺいとうを、いれるんです」

「大井出(おおいで)」

ニイナがいった。

「いくら、あんたが、アイデアウーマンでも……ここにきて、レシピの変(へん)

更？」

「はい」

「じゃあ、聞こうよ、その、ひらめきとやらをさ」

まどかが身をのりだした。


スイーツ・ライブ開演十分前。やっと数名が家庭科室にあつまった。

かな子がつれてきたクラスメイトの松田れいなと、森川あゆみもいる。

ふたりともクラスの優等生で、かな子とは仲がいいが、みわは、あまり話したこともない。

——かなちゃんに強引にさそわれて、やってきたのかな？

合唱部員のふたりは、午前中のパフォーマンスもおわっているはずだ。

「うちのパパがいる」

はるがうれしそうにいった。

はるのおとうさんは、めがねの顔がはるにそっくりだ。小さな弟をだっこしている。

いっしゅん、みわは、窓の外を見て、あれっと思った。ピッパのリードを引いたおばあちゃんがいるじゃないか。こっちにむかって、さかんに手をふっている。

——おばあちゃん……。

かな子が気づいて、みわのかわりにVサインした。

「ピーちゃんまで、きてくれて、みわ、よかったじゃん。でもさ」

かな子がチッと舌打ちした。

「身内ばっかりで、ちょっと、やばくない？」

「ギターライブと同じ時間帯なんだもん。むりよ」

れいながいった。

「ギター部のさ、六年の西条くんと井浦くんって、めちゃかっこいいじゃん。女子たち、みんな、そっちへ行っちゃったわ。あたしだってね、体育館へ行きたいぐらいなんですけどぉ」

こんどは、あゆみがだだをこねた。

「ごめん、ごめんね」

みわはいった。

「そんなこと、ないよ」

かな子がはげました。


「みんな、あつまって」

まどかがいった。

時計の針は一時をすぎた。

「そろそろ、はじめよう」

ニイナとはるがうなずいた。

みわも不安を打ちけすようにして、ふたりの後ろでうなずいた。

「人数はすくないけど、せっかく見にきてくれた人を、またせるわけにはいかないから」

ふたたび四人で円陣を組み、がんば！　と声をかけた。

窓の外でピッパが、ウォーンとサイレンみたいな声で鳴いた。


「えー」

マイクを調整したあと、まどかがいった。

「ありがとうございます。あたしたちのスイーツ・ライブを見にきてくれて」

かな子の拍手につられるように、れいなやあゆみ、はるのおとうさんが拍手した。

「では、これから、みなさんの目の前で、妖精の国を、このテーブルの上に、出現させます。まずは、ニイナの手もとを、じっくり見てください。ニイナは妖精作りの名人です」

ニイナは、観客たちに一礼すると、すばやく、アーモンドパウダーと粉ざとうをふるいにかけた。

あまったるいにおいが、ふわっと立ちこめた。

――よーし。あたしも。

ニイナのとなりで、みわは腕まくりしながら、さっそく声をかけた。

「アーモンドパウダー、こっちにも、お願いします」

「オーケー」

きのう、みんなで用意したロールケーキの材料、とれたてたまごと、質のいい薄力粉、菜種あぶら、メープルシロップ、ベーキングパウダー。

みわは、それらを、順序よく、ていねいにまぜあわせる。

アーモンドパウダーもいっしょにいれれば、かおりも味も数倍よくなるのだ。

「ところで、ニイナのおとなりの、大井出さんは、このスイーツ・ライブのいいだしっぺ。大井出さんは、妖精たちが住む、『さくらの花の国』と、『しずくの森の国』作りに、これから、チャレンジします」

まどかがちらっとみわを見た。

「だいじょうぶ？」

「はいっ」

みわは答えた。

「ゆっくり、あせらないで」

となりで、ニイナがいった。

ニイナはすでに、弾力あるマジパン生地から、いくつもの玉を作り、てのひらで、こねていた。

玉はいろいろな色に着色される。

みわはいっしゅんニイナのしなやかな手に、目をうばわれた。

それは魔法のようだった。

――ううん、魔法じゃない。

ニイナせんぱいの努力のたまものなんだ。

ニイナの手から生まれた妖精は、両手を上にあげ、大きな丸い目が、どこか遠くを見つめていた。

くちびるは、ストロベリーの色。

むらさきいものパウダーで色づけした、ドレスは、すみれの花のようだ。

羽はれんこんパウダーで雪のように白く、妖精の背中でやさしくゆれる。

ニイナは、とうもろこしのパウダーで着色したマジパン生地の玉を、ニンニクしぼり器にいれ、ところてんをつく要領で、ぐいっとおしだした。

「ひゃあー」

かな子が声をあげた。

おしだされたのは、妖精の、長く細くしなやかな黄色いまき毛。

ニイナはそれを、妖精の頭にそっとかぶせた。

「すごーい」

かな子が思わずいった。

「かっわいい」

れいなとあゆみが、すかさず、携帯で写真をとった。

ニイナは、妖精作りの手を休めると、ココアでそめたマジパン生地で、かわいらしいくまの人形をいくつも作った。

はるが、みんなにくばりはじめる。

「なに、これ？　かわいいじゃん」

れいながいった。

「パパ。くまさん、とっても、おいしいよ」

はるの弟がにこにこした。

「あたし、友だちに、写メール、送っちゃおう。記念祭のきょうは、携帯、オーケーだもん」

かな子がいった。

「家庭科室にくれば、こんなかわいい妖精や、くまのおかしが、食べられるよって」

「さんせい」

れいながいった。

「先生がたにもね」

あゆみがつけたした。

13

勝負のロールケーキ

――そうよ、あたしも、負けちゃいられない。

みわは、とろとろねりあがったロールケーキの生地を半分にわけると、ひとつには、ストロベリーパウダー、もうひとつには、よもぎの粉をふりいれた。

あざやかなピンクにそまった生地が、みわの指さきまでのみこんで、ゆったりとうねる。

よもぎの粉は、やさしい緑の春のにおいをよみがえらせた。

「はるちゃん、行くよ」

それから、ふたりで、クッキングシートをしいた天パンに生地をながしこみ、平らにならした。

とんとんとんと、力強く天パンをたたいて、よぶんな空気をにがす。

あとは、一八〇度のオーブンで焼けばいい。

「大井出、これ」

はるが、こんぺいとうをみわに差しだした。

「うん」

みわは、はるがくれたこんぺいとうのなかから、赤と青をよりわけた。

それを、包丁の背でたたきわった。

「さて、みなさん、くだいたこんぺいとうを、どうすると思いますか？」

まどかが、もったいぶったようにいった。

「実は、あたしも、さっき聞いたばかりで、大井出さんのアイデアには、感心したり、ちょっぴり、あきれたり……」

みんなが笑った。

みわは赤くなりながら、はるに耳打ちした。

「りんご、お願い」

はるがりんごを、食材の山から持ってくる。みわは、りんごをジューサーにかけたものを、くず粉といっしょに、なべにいれた。

メープルシロップと、塩少々をふりいれて、とろみがでるまで、中火で、ゆっくりねった。

——このレシピは、おばあちゃんから、教わったんだ。くずまんじゅうを作るときと、同じ要領なんだ。

はるが、味見をして、オーケーといった。

みわは、ねりあげたくずを、平たいケースにながしこんだ。

半分は、妖精の国のみずうみ用。

そして、残り半分には、つぶしたこんぺいとうを、星のように、ちりばめた。

「冷蔵庫にはいれないで、このままよ、このまま、自然にかたまるのを、待つのよ」

オーブンにいれたロールケーキの生地に、おいしそうな焼き色がついた。

なんともいえないにおいが、家庭科室いっぱいにただよう。

ここぞとばかりに、はるが、大きく窓をあけた。

校庭でおすわりしていたピッパがそわそわとこしをあげ、鼻をくんくんさせる。

とつぜん、かな子が、窓から身をのりだすようにして、大きくさけんだ。

「みなさーん、家庭科室では、ただいま、スイーツ・ライブのまっ最中です。おいしいにおい、届いてますかあー？」

みわは、びっくりした。

「ギターライブもサッカーもいいけど、スイーツ・ライブもいいよ！　あまくて、ほらっ、こんなに、いいにおい！」

ソフトボールやサッカーの試合を観戦しているおおぜいの人が、なにごとかとこっちを見た。

ギター部の演奏を聞きに行こうと、体育館にむかう人たちが、ふっと足をとめた。

――ありがと、かなちゃん。ほんとうに、ありがとう。

そうよ、たとえ、お客さんがこなくても……。

みわは、オーブンをあけた。

二種類のロールケーキが焼きあがった。

――あたしは、これに集中するのっ。

みわは、生地を冷ますと、天パンのクッキングシートをそっとはがした。

となりで、はるが、生クリーム、とうふ、メープルシロップを、しゃかしゃか、かきまぜている。

「はるちゃん、とうふクリームを着色して、生地にのせて」

みわは、焼きあがったロールケーキの若草色の表面に、よもぎの粉で着色したとうふクリームをぬっていく。

はるも、焼きあがったロールケーキのうすべに色の表面に、ストロベリーパウダーで着色した、あわいピンク色のとうふクリームをぬっていく。

――これからが、勝負のときよ。

みわは、とろとろっといい具合にかたまった、つぶつぶのこんぺいとういりくずを、スプーンですくうと、よもぎ色のとうふクリームの上に、のせた。

赤の青のこんぺいとうが、クリスタルのかけらのように、バランスよくゆれる。

はるもまねして、あわいピンクのとうふクリームのうえに、つぶつぶのこんぺいとういりくずを、スプーンですくってのせた。

そうして、ペーパーで、生地ごと全部を、くるりくるりとまきこんだ。冷蔵庫にいれた。

「みなさん」

まどかがいった。

「ロールケーキを、切りわけたときに、赤と青のこんぺいとうが、しずくの森の水滴のように、こぼれるんですよ！」

「へー」

かな子がしんけんな顔で聞きいった。

「あたしたちに、悲しい雨のような、青い涙はいりません」

まどかの声がひときわ高くなった。

「悲しみの青い涙は、きょうでおわりにして、あしたからは、赤いこんぺいとうのように、希望に満ちた、うれしい涙にかえていくんです」

「がんばれ！　調理同好会」

かな子が声援を送った。

14 赤いくつのさくらひめ

みわは、いっしゅん、どきっとした。丸いすにすわりきれないぐらい、お客さんがふえていたからだ。

立ち見の人も、ろうかにも、知らない人の顔がたくさんあった。

「三十人、ううん、五十人はいるよ」

はるが耳打ちした。

そんなに！　うそみたい。

――夢かな？

みわはほっぺたをつねった。

――痛い、痛いよ。

夢じゃない。

みわの心臓が、また早鐘のように鳴りだした。

どうしよう。手がふるえてきた。

だけど……ゴールは、もう、すぐそこだ。

やるしかない。

みわは自分自身をはげますようにして、残りのくずを、ケースからとりだすと、青い大きな皿の上にぷるんとのせた。

くずの表面を通して、皿の青さがきわだち、まるで、コバルトブルーのみずうみがあらわれたよう。

波を意識して、くずの表面に、ヘラでもようをえがく。

いちごやキウイ、オレンジを、まわりにデコレーションする。

あでやかなくだものの色が、みずうみをいろどった。

波におしもどされる、美しい花のように。湖岸にしげる草のように。

まどかが歌うように、声をはりあげた。

「とーおいとーおい、空のはてに、ふたつの妖精の国がありました……ひとつは、きれいな花がさきみだれる、『さくらの花の国』と、もうひとつは、緑のしずくが、野山にうるおいをもたらす、『しずくの森の国』です……」

みわはうすべに色のロールケーキを、テーブルの上に配置する。

いくつかに切りわけ、かさね、切ったところから、こんぺいとうが光のしずくとなって、とびちるように、工夫して。

くずでできたみずうみのむこうには、緑のロールケーキを、同じように、見ばえよく、配置する。

「きょうは、とても、おめでたい日です。

それは、さくらの花の国の王女、さくらひめと、しずくの森の国の、しずく王子との、結婚式が行われるからです。

広場では、妖精たちが、ふたりの結婚をお祝いして、歌ったりおどったりしています。

森の動物たちも、そっと顔をのぞかせ、ふたりを、やさしく見まもっています。

みずうみは、きらきら光り、花も鳥も、お魚まで、うれしそうに……」

ニイナが、マジパン妖精たちを、テーブルの上にならべはじめた。

いくつあるだろう。二十体、いや、もっと。

妖精たちは、むらさきやオレンジ、黄色いドレスをひらひらさせ、白い羽をひろげ、思い思いのポーズで、みずうみや、ロールケーキのまわりに、ちらばっていく。

うさぎや、くま、犬など、マジパン動物と、マジパンで作ったばらの花も、いっしょに、テーブルの上にのせた。

「これが、最後のしあげです」

ニイナがいった。

「さくらひめと、しずく王子を、ここに」

ニイナは、妖精たちのまんなかに、うすべに色のウェディングドレスを着た、さくらひめと、緑色のえんび服を着たしずく王子をそっと置いた。

みわはどきどきした。

ストロベリーパウダーで着色された、さくらひめのドレスや、ベールのなんともやさしい色に。

かわいらしいぱっちりとした黒目は、ココア色に輝き、くちびるはつややかだ。ぺちゃんこの鼻は、冷たさがなく、あいきょうがある。

みわをいつもさそいにきてくれた、妖精の顔になぜかにている。

ベールからはみでた、とうもろこし色のまき毛。ドレスからのぞいた足には、赤いくつがはかせてある。

この赤は、クランベリーパウダーで着色したのだ。

――あたしも、こんな赤いくつがはきたいって、なん度思っただろう。

そうすれば、空が飛べるかもしれない。

羽がなくても魔法のように。

あたしは、どこへでも、行けるんだ。

「さあ、これで、妖精の国が完成しましたっ」
まどかがいった。
「あたしたちのスイーツ・ライブも、おわりです」
どっと拍手がわいた。
みわは信じられない気持ちだった。
なんて、大きな拍手だ。
四年三組の
みんなの顔がある。
おとうさんや
おかあさんの顔も、
あるじゃないか。
いつ、ここへ？

そして、校長先生とササバーも。ミカワッチもいる。

「あたしが、ミカワッチにアドレスきいて、ふたりに、写メール、送っちゃったんだ」

かな子が耳打ちした。


「さあ、みなさん、妖精の国を、よーく観察したあとは、試食タイムといきましょう」

まどかがいった。

拍手がもっとわいた。

しかし、だれひとり、妖精の国を食べようとしない。

みんな、携帯をとりだすと、写真におさめている。

「かわいいから、食べるのもったいないよ」

そんな声があちこちから聞こえてくる。

すると、校長先生がつかつかとやってきて、まどかにいったんだ。

「これは、ほんとうに、食べていいのかな?」

ササバーが、校長先生をさえぎった。

「いいえ、校長先生。マジパン人形は、ただ、あまいだけですよ。こんぺいとうのロールケーキなんて、発想が、めちゃくちゃですわ」

「だったら、どうぞ、試食を」

まどかが、さくら色のロールケーキを皿にとりわけた。

「けっこうよ」

「いいえ、ぜひ、先生に」

「しかたないわね」

みんなが見まもるなかで、ササバーは、ロールケーキをひとくち食べる。

「あらっ」

ササバーがもうひとくち、こんどはがぶりと全部を口におしこむ。

うっとりと目をとじる。

「校長先生も、どうぞ」

まどかが、緑色のロールケーキを校長先生にさしだす。

「なかなか、おいしい」

校長先生が笑顔になった。

「どれ、ほかのやつも、いただいてみるかな」

校長先生の大きな指が、しずく王子を
いきなりつまみあげた。

――あ！

みわは心のなかで悲鳴をあげた。

校長先生がしずく王子を、頭から、むしゃむしゃと食べてしまったからだ。

「うん、うまいよ。思ったより、あまくないぞ」

「ほんとかしら？」

こんどは、ササバーが、さくらひめをつまみあげた。

――あー……。

まるで巨人のまっかな口のなかへすいこまれるように、さくらひめがいっしゅんで消えた。

ササバーののどがごくりと波打つ。
「あらっ、おいしい」
歓声がどっとわいた。
みわはへなへなと
からだの力がぬけていった。
「のろいが、とけたっ」
かな子がわめいた。
「のろいが、とけたっ」
こんどは、ほかの
だれかがさけんだ。
ササバーと校長先生を
おしのけるようにして、
テーブルにたくさんの手がのび、
あっというまに、妖精の国はなくなった。

15

夢より楽しい

みわは、ピッパのリードを引きながら、あじさい通りを歩いていた。

ひっそりと目立たないあじさいのかわりに、反対側のお寺の庭から、どんぐりの実が、たくさん落ちて、道をうめつくしていた。

記念祭がおわったあと、ササバーはいった。

「マジパン人形は、たいへん精密に、芸術的に作りあげられていましたね。これぺいとうのロールケーキも、ユニークでした」

あたしたちは、家庭科室のあとかたづけをしながら、思わずとまどってしまったっけ。

これって、ほめられてるの？

まさか、あたしたちが？

「がんばったわね」

そういいのこして、ササバーはでていった。

調理同好会にはいりたいという人が、七人もいるって聞いたとき、まどかせんぱいは、びっくりしていた。

これって、やっぱり実績をつんだっていうこと？

ほめられたり、新人がはいることになったり……。

そうだよ、あたしたち、やったんだ。

やったんだよ！

「ピッパ、来週の月曜日に、まどかせんぱいが、校長室によばれてるの」

秋の深まりがしずかな風を、空から届けてくれる。

「きっと、いい知らせだよ」

まどかせんぱいは、「どうしよう、いまから、眠れないよ」っていっていたけど。

はるちゃんが、「しっかりしてください」って、ハッパかけて、やっと落ち着いてくれた。

まどかせんぱいの夢が、かなうのだとしたら、最高だよ。

「ねえ、ピッパ、あたしたち、こんなに、ついてて、いいのかな？　もしかしたら、全部、夢？」

ううん、ちがうんだ。

これこそが、現実。リアル。

現実は、夢よりもっとわくわくして、うれしい気分に満たされていたんだ。

あたし、ちっとも知らなかったな。

ニイナせんぱいがいったっけ。

「パパとママに、自分の気持ち、ちゃんと話したの。パパとママ、スイーツ・ライブ、ちゃんと見てくれた。どこにいたのか、わからなかったけど、ちゃんと、見ていてくれたの。よかったよ、お遊びだなんていって、ごめんねって。わたし、受験勉強に、やっととりかかれそう。ほんのしばらく、スイーツ作りは休むけど、中学行ったら、また、ばんばん、やる」

みわは、ほっとむねをなでおろした。

——ニイナせんぱい、パパとママと、仲よくなれたんだね。

はればれとしたニイナの顔は、いままでで、いちばんきれいだった。

どんぐりの実をポケットにつめながら、みわはいった。

「ねえ、ピッパ、部員が、七人もふえるんだよ。すごいよね」

でも、まどかせんぱいや、ニイナせんぱいが、卒業したあとは？

すっごく、さびしくなっちゃうな。

ピッパが、クウーンと鳴いた。

「ううん、そんなことないよっ」

これからなんだよ、あたしたち、これからなんだ。

つぎは、なにを？

あたしは、なにを、形にできる？

そんな思いがあるかぎり、毎日は、わくわくの連続なんだ。

おでこに人さし指をあてると、ふしぎな迷路のいり口に、ほら、もう、自分は立っているじゃないか。

そうして、それを、形にしていくことは、なんて楽しい作業なんだろう。

「ポケットのどんぐりが、ざわざわ、なんか、いってるよ。ぼくたちの物語を、作ってってって」

わかったよ、もちろんだよ。

「その前に……」

ピッパがうれしそうにしっぽをふった。

「おばあちゃんの畑によろうか？　ピッパ、おまえがいた場所に」

走りだしたみわに、ピッパがついてきた。
秋の光がせまい通りをまばゆく照（て）らし、
みわはまっすぐ前をむいた。

■作家　**堀　直子**（ほり なおこ）

群馬県に生まれる。昭和女子大学卒業。『おれたちのはばたきを聞け』（童心社）で 第十四回日本児童文学者協会新人賞受賞。『つむじ風のマリア』（小学館）で、産経児童出版文化賞受賞。主な作品に『鈴とリンのひみつレシピ！』『犬とまほうの人さし指！』『すてきなのはらのけっこんしき』（以上あかね書房）、「ゆうれいママ」シリーズ（偕成社）、『おかのうえのカステラやさん』『カステラやさんときんいろのおさかな』（ともに小峰書店）などがある。埼玉県在住。

■画家　**木村いこ**（きむら いこ）

１９８１年、奈良県に生まれる。イラストや挿画、マンガや立体作品など、さまざまな形で独自の世界を発表している。挿画の作品に『鈴とリンのひみつレシピ！』『おいしいケーキはミステリー!?』（ともにあかね書房）、『カホのいれかわり大パニック』（岩崎書店）、『コケシちゃん』（フレーベル館）、『ひま人ヒーローズ！』（ポプラ社）などが、マンガの作品に『いこまん』『たまごかけごはん』（ともに徳間書店）、『きなこもち』（マッグガーデン）がある。大阪府在住。

装丁　白水あかね
協力　有限会社シーモア

スプラッシュ・ストーリーズ・23
魔法のレシピでスイーツ・フェアリー

2015年5月　初　版
2016年7月　第3刷
作　者　堀　直子
画　家　木村いこ
発行者　岡本光晴
発行所　株式会社あかね書房
〒101-0065　東京都千代田区西神田 3-2-1
電　話　営業(03)3263-0641　編集(03)3263-0644
印刷所　錦明印刷株式会社
製本所　株式会社難波製本

NDC 913　157ページ　21 cm

ISBN978-4-251-04423-5

http://www.akaneshobo.co.jp

スプラッシュ・ストーリーズ

❶虫めずる姫の冒険
芝田勝茂・作／小松良佳・絵
虫が大好きな姫が、金色の虫を追う冒険の旅へ。痛快平安スペクタクル・ファンタジー！

❷強くてゴメンね
令丈ヒロ子・作／サトウユカ・絵
クラスの美少女に秘密があった！　とまどいとかんちがいから始まる小5男子のラブの物語。

❸プルーと満月のむこう
たからしげる・作／高山ケンタ・絵
プルーが、裕太に不思議な声で語りかけた…。鳥との出会いで変わってゆく少年の物語。

❹チャンプ　風になって走れ！
マーシャ・ソーントン・ジョーンズ・作／もきかずこ・訳／鴨下　潤・絵
交通事故で足を失ったチャンピオン犬をひきとったライリー。その新たな挑戦とは…。

❺バアちゃんと、とびっきりの三日間
三輪裕子・作／山本祐司・絵
夏休みの三日間、バアちゃんをあずかった祥太。認知症のバアちゃんのために大奮闘！

❻鈴とリンのひみつレシピ！
堀　直子・作／木村いこ・絵
おとうさんのため、料理コンテストに出る鈴。犬のリンと、ひみつのレシピを考えます！

❼想魔のいる街
たからしげる・作／東　逸子・絵
“想魔”と名乗る男に、この世界はきみが作ったといわれた有市。もとの世界にもどれるのか？

❽あの夏、ぼくらは秘密基地で
三輪裕子・作／水上みのり・絵
亡くなったおじいちゃんに秘密の山荘が？　ケンたちが調べに行くと…。元気な夏の物語。

❾うさぎの庭
広瀬寿子・作／高橋和枝・絵
気持ちをうまく話せない修は、古い洋館に住むおばあさんに出会う。あたたかい物語。

❿シーラカンスとぼくらの冒険
歌代　朔・作　町田尚子・絵
マコトは地下鉄でシーラカンスに出会った。アキラと謎を追い、シーラカンスと友だちに…。

⓫ぼくらは、ふしぎの山探検隊
三輪裕子・作／水上みのり・絵
雪合戦やイグルー作り、ニョロニョロ見物…。山荘で雪国暮らしを楽しむ子どもたちの物語。

⓬犬とまほうの人さし指！
堀　直子・作／サクマメイ・絵
ドッグスポーツで世界をめざすユイちゃん。わかなは愛犬ダイチと大応援！

⓭ロボット魔法部はじめます
中松まるは・作／わたなべさちよ・絵
陽太郎は、男まさりの美空、天然少女のさくらと、ロボットとのダンスに挑戦。友情と成長の物語。

⓮おいしいケーキはミステリー!?
アレグザンダー・マコール・スミス・作／もりうちすみこ・訳／木村いこ・絵
学校でおかしの盗難事件が発生。少女探偵プレシャスが大活躍！　アフリカが舞台の物語。

⓯ずっと空を見ていた
泉　啓子・作／丹地陽子・絵
父はいなくても、しあわせに暮らしてきた理央。そんな日々が揺らぎはじめ…。

⓰ラスト・スパート！
横山充男・作／コマツシンヤ・絵
四万十川の流れる町で元気に生きる少年たちが、それぞれの思いで駅伝に挑む。熱い物語。

⓱飛べ！　風のブーメラン
山口　理・作／小松良佳・絵
大会を目指し、カンペはブーメランに燃えるが、ガメラが入院して…!?　家族のきずなと友情の物語。

⓲いろはのあした
魚住直子・作／北見葉胡・絵
いろはは、弟のにほとけんかしたり、学校で見栄をはったり…。毎日を繊細に楽しく描きます。

⓳ひらめきちゃん
中松まるは・作／本田　亮・絵
転校生のあかりは、ひらめきで学校に新しい風をふきこむ。そして親友の葉月にも変化が…。

⓴一年後のおくりもの
サラ・リーン・作／宮坂宏美・訳／片山若子・絵
キャリーの前にあらわれるお母さんの幽霊。伝えたいことがあるようだけど……。

㉑リリコは眠れない
高楼方子・作／松岡　潤・絵
眠れない夜、親友の姿を追ってリリコは絵の中へ。不思議な汽車の旅の果てには…!?　幻惑と感動の物語。

㉒あま～いおかしに ご妖怪？
廣田衣世・作／佐藤真紀子・絵
ある夜、ぼくと妹の前にあらわれたのは、おっかなくて、ちょっとおせっかいな妖怪だった！

㉓魔法のレシピでスイーツ・フェアリー
堀　直子・作／木村いこ・絵
みわは、調理同好会の危機に、お菓子で「妖精の国」を作ると言ってしまい…!?　おいしくて楽しいお話！

㉔アカシア書店営業中！
濱野京子・作／森川　泉・絵
大地は、児童書コーナーが減らされないよう、智也、真衣、琴音といっしょに奮闘！　アカシア書店のゆくえは？

以下続刊